나는 칠성슈퍼를 보았다

나는 칠성슈퍼를 보았다

이수명 산문집

아침달

책머리에

등단하고 여러 권의 책을 내면서 시 외에도 이런저런 짧은 글들을 썼다. 대부분 원고 청탁에 의해서였는데 잡지사들의 취지가 다양하다 보니 글도 비슷할 수가 없었다. 내가 쓴 시나 문학 주변의 이야기일 때도 있고, 가까웠던 시인들에 대한 소회일 때도 있었으며, 문학과는 무관한 일상의 모습을 건네야 할 때도 있었다. 또 짧은 신문 칼럼을 쓰기도 했다. 그리하여 나 자신과 나의 시를 돌아보는 자전적인 글에서부터, 시에서는 등장하지 않는 가족들의 이야기, 생활이 이루어지는 동네 풍경의 스케치들이 시인들에게 보내는 편지나 신문 칼럼과 함께 묶이게 되었다. 글들이 워낙 다른 목소리를 가진 것이다 보니 모여 있는 것이 기특하고 어색한데, 사실 가장 어색한 것은 시간대라는 생각이 들었다. 1999년에 쓴 글에서 최근의 것까지 20여 년에 걸친 것이라 아무래도 나의 문체의 변화도 한몫했을 것 같다.

산문이라기보다는 부스러기에 가까운 이 글들이 모일 수 있을 것이라고는 전혀 생각하지 않고 방기해둔 것이었기에, 원고를 뒤지는 동안 이미 멀어진 여러 일들이 다시 가까워지며 심장을 뛰게 했다. 당시의 생생한 집중이 엄습했다. 삶을 감각하게 하는 것은 이러한 사소한 몇몇 직면일 것이기에, 어딘가에 묻혀 있다가 다시 살아나는 순간들이 고마웠다. 시간이 흘러가도 아름다운 순간은 사라지는 것이 아니었나 보다. 눈에 보이지 않는 자리로 물러났다가 다시 또렷하게 귀환하니 말이다. 아니 어쩌면 그 순간들은 계속 그 자리에 있는데 내가 떠났다가 돌아오고 다시 떠났다가 돌아오고 반복하는 것인지도 모른다. 그리하여 원고를 정리하면서, 오래 함께한 가족이나 지인들뿐 아니라 스쳐 갔던 사람들, 등산길이나 거리에서 발걸음을 멈추게 했던 이들, 트럭을 몰고 다니며 과일을 팔던 아저씨나 머리를 손질해주던 미용사, 산책길에 들렀던 슈퍼 주인을 다시 만났다. 세계를 이루는 눈부신 존재들이다.

다시 봄이 오고 있다. 최근 2년간 코로나로 공적인 모임이 줄어들고 집에 있는 시간이 늘어나면서 주변을 둘러보는 일이 많아졌다. 사람들 사이의 거리두기를 단계화하고 모이는 인원을 정해주는 환경 속에서, 사적인 시간들은 생활에 더 가까이 가게 함으로써 삶을 보다 구체적으로 만들어주었다. 식사를 거의 집에서 해결하기 때문에 장을 자주 보고 그러다 보니 전에 모르던 시장이나 마트의 물건들을 더 많이 알게 된 것이 대표적인 예다. 요리 채널에 등장하는 조미료를 찾아 마트에 갔다가 진열대에 놓인 향신료나 온갖 소스, 새로 출시된 시즈닝의 자태를 걸음을 멈추고 바라보게 된 것이다. 디테일에 더 다가갈수록 삶이 무한하고 풍부해지는 느낌이 새삼스러웠다.

이 산문집은 나의 문학과 시인들에 대한 이야기뿐 아니라 문학 밖에서, 생활인으로서의 디테일을 경험한 일들까지 포괄하고 있다. 시가 아닌 산문으로 일상의 이야기들을 담아내는 것이 또 다른 길을, 가보지 않았던 작은 샛길을 내줄 것만 같다. 하지만 생각해보면 애초에 문학과 일상이 따로 있는 것이 아닐 것이다. 개별적이고 구체적인 세계에 다가서는 것이 내 문학의 처음이고 현재이니 말이다. 그 현재의 사물들, 사람들과 직접 접촉한 현장을 문학 언저리의 이야기와 나란히 엮을 수 있게 해준 출판사에 감사드린다. 수고해준 송승언 님께도 고마움을 전한다.

2022년 4월 이수명

차례

5부 · 있는 그대로
– 칼럼

1부

문학을 따라 떠내려가면서

자전 에세이

나는 문학을 따라,
이 세계에 거처를 갖지 못할 것이다

1

1965년 봄 서울 영등포에서 태어난 나는 어린 시절 몇 번의 이사를 했다고 하는데 물론 거쳐 간 집의 세목들이 잘 남아 있지는 않다. 유년의 희미한 안개를 뚫고 내가 최초로 떠올리는 일들은 대개 5~7세 주변에 몰려 있다. 그것들은 사진의 한 컷처럼 뇌리에 새겨져 있고, 이후에도 무어라 표현하기 어려운 느낌으로 나는 이 일들을 돌이키고는 했다.

하나, 구리의 어느 마당이 넓은 집과 관련된 것이다. 그 집은 몇 달 살지 않은 집이었다고 나중에 들었는데, 나는 그 마당을 이후에도 여러 번 떠올렸다. 그리고 그 이유는 아마도 단지 마당에 있는 것만은 아니라는 것을 알고 있었다. 그 집은 넓은 마당을 가로질러 툇마루를 통해 집 안으로 들어가게 되어 있었는데 나는 툇마루에 걸터앉아 있기를 좋아했던 것 같다. 마당에 대한 시각적 기억은 아마 그곳에 앉아 있는 동안 형성되었을 것이다. 그러다 언젠가 무슨 이유에선지, 아마 신발을 신거나 벗다가였는지, 나는 툇마루 밑을 들여다보게 되었다. 그리고 그 마루 밑에 도사리고 있는, 숨죽인 어둠에 진저리를 쳤다. 그것은 어둠을 발견하게 된 최초의 충격이었던 것 같다. 당시 어린 내게 공포였고, 일종의 자히르Zahir였다. 넓은 마당의 대기와, 툇마루 밑에 뭉쳐 있던 어둠의 콘트라스트.

둘, 동네 아이들이 한 친구 집에 모여 놀았던 어느 날이다. 그 친구는 나와 단짝인 남자아이였는데(그의 어머니와 나의 어머니는 칠십이 넘은 지금까지도 둘도 없는 지인이다), 그의 집에는 지붕 밑에 근사한 다락방이 있었다. 우리보다 나이가 위아래인 여러 아이들이 다락에서 여러 가지 놀이를 했던 것 같다. 좀 지루해졌을 무렵 누군가 다락 창문에서 밖으로 뛰어내리기 시합을 하자고 제안했다. 모두들 좋아라 했지만 정작 아무도 나서지 않았다. 나는 그때 내가 왜 좌중의 침묵 끝에 나섰는지 지금도 알 수가 없다. 나의 그 가까웠던 친구가 만류했던 손짓이 아직도 남아 있다. 이상하게도 겁이 나지 않았고, 나는 마치 지상을 떠난 것 같은, 이미 도달되어 있는 자유를 맛보았던 것 같다. 땅과 격렬하게 만난 순간의 찢어질 것 같던 발목.

셋, 7세 때 1년을 가족과 헤어져 있었다. 강원도의 어느 외진 시골에 외할머니가 홀로 살고 계셨고 나는 그곳에서 한 해를 보냈다. 아궁이에 군불 땔 때 나뭇가지에 옮겨붙던 불의 어른거림을 넋 잃고 바라보던 일, 방 안에 들여놓은 화롯불의 열기가 잦아들던 것을 지키던 일, 무엇보다 전기가 들어오지 않았던 외진 곳이라 어둠은 길고 깊었다. 방 안의 등잔불은 벽에 그림자를 크게 만들었고, 그런 내 그림자에 놀라곤 했다. 하지만 마당에 서면 쏟아질 것 같던 별들은 어린 나를 진정시켜주었다. 나는 그때 정말로 하루 종일 쏘다녔던 것 같다. 산과 들을 개울가를 다니느라 긁히거나 배가 고파서야 들어왔고, 할머니는 또 논이나 들일을 보시느라 안 계실 때가 많았다. 나는 그때 자연에서, 홀로 세워진 허수아비를 보았다. 나는 허수아비를 만져볼 엄두를 못 냈다. 지금도 그렇다. 나는 무엇인가를 두려워하는 것이다.

2

때때로 7세 때의 시골 생활이 나를 거의 다 형성시켜놓은 것 같다고 느낀다. 나는 거의 완전한 자유를 누렸고, 누구의 조바심이나 지도 없이 직접 세계를 맞닥뜨릴 수 있었다. 어른들은 내가 말이 없고 속으로 우는 아이라는 말을 나중에도 많이 했는데, 그것은 아마도 7세 때 형성되지 않았나 싶다. 나는 너무 일찍, 충분히, 홀로 세계를 대면해야 했던 것이다.

　서울로 돌아와 학교를 다니기 시작했는데, 초등학교는 무척 지루했다. 다만 일찍부터 내 성향 중의 하나가 드러나기 시작했는데, 그것은 모든 숙제나 과제를 한순간에 해치우는 것이었다. 나는 의무를 싫어했다. 따라서 해야 할 것들을 무조건 먼저 하고 나서, 밥도 먹고 놀기도 했다. 초등학교 1학년 때 국어 교과서를 통째로 열 번 쓰는 방학 숙제가 있었다. 나는 지금도 어두워질 때까지 단 하루에, 앉은 자리에서 그것을 다 쓰고 일어났던 일이 생각난다. 어른들도 고집이 세어져서 돌아온 나를 말리지 못했다. 손이 뻑뻑해지고 팔이 무감각해지도록 그 짓을 하게 하는 그 정열의 본질은 오직 자유의 쾌감을 위해서였다. 해야 할 일이 나를 덮치고 있는 것을 나는 참지 못했다. 성실해서가 아니라 놓여나기 위해서, 나는 성실해 보였다. 벗어나기 위해서 나는 움직였다. 그렇게 해서 삐뚤빼뚤 글씨를 배울 나이에 나는 필사라는 것을 혹독하게 치렀다.

이후 초등학교 시절 매번 방학 때마다 나오는 일기 숙제도 그렇게 했다. 한 달 치의 일기를 방학 첫날 미리 다 써놓는 것이다. 그리고 나머지 날들을 그냥 흘려버리기를 좋아했다. 그것은 아마도 시골 생활의 무위를 나름대로 실천하는 방식이었던 것 같다. 하지만 이런 우스꽝스러운 일들은 역설적으로 내게 허구에 대한 이해와 문장력을 가져다주었다. 글과 말과 현실의 상호 침입과 거리를 감각하게 해주었다. 보다 적절하게 표현하면 삶이 글이 되는 것이 아니라 글이 삶이 된 것이라 할 수 있다. 무엇보다 과다하게, 한순간에 일을 하는 이런 행위들은 내용과 무관하게 그 압력으로 나를 어딘가로 빠져들게 했다. 나는 어떤 에너지에 휩싸였고, 추론할 수 없는 이 압축을 사랑했다. 그리고 이 압력이 바로 문학의 형식이라 생각한다.

　초등학교 때의 기억 중에서 유난히 또렷한 것은 열 살 무렵의 어느 날이다. 집에 돌아왔더니 웬일인지 집에 아무도 없었다. 그날 집에 무슨 일이 있었던 것 같은데 그 일이 무엇인지는 물론 기억나지 않고, 나는 어두워질 때까지 혼자 있었다. 그러다가 공책에다 일기인지 낙서인지 모를 글을 끄적거렸는데, 지금 생각나는 단어들은 죽음, 고독, 뭐 이런 것들이다. 어린 나이였지만 그런 명사들을 존재론적으로 자각했고, 문득 이 세계의 본질을 다 이해한 것 같았다. 그때의 또렷한 서글픔, 기대어 앉아 있던 벽의 느낌이 지금도 생생하다. 나는 글을 통해 나를 감각하고 인지하는 길에 비로소 들어서게 된 것이다. 그 경험은 한편 놀라울 만큼 편리한 것이기도 했다. 나는 내가 원하는 것이 무언가 다른 것임을 알게 되었고, 보다 추상적으로 자신을 분리시키게 되었다.

　중고등학교 시절은 더 지루하게 흘러갔지만 나의 상습적인 글쓰기는 계속되었다. 나는 간혹 일요일에 노트와 필기구를 가지고 혼자 공원이나 능(내가 주로 갔던 곳은 구리 지역에 있는 동구릉과 사릉이었다)

에 가서 하루 종일 메모를 하거나 글을 쓰다 돌아왔다. 짧은 글들을 주로 시라는 생각하에 썼고, 그것들을 품고 문예반이나 백일장 같은 데를 들락거렸다. 상을 받을 때도 내가 잘 쓴다는 생각은 없었다. 당시 내 시에는 구체적인 내용이 없다는 것을 일찌감치 눈치챘고, 시를 쓰는 것이 아니라 마치 알 수 없는 싸움을 하는 것 같았다. 이후 나의 집중적인 글쓰기는 현실을 넘어 내면으로, 허구로 파고 들어갔고, 언제나 알 수 없는 곳으로 더 나아가기를 원했다. 나는 사실 지금도 나의 이야기를 하는 것을 가장 재미없어 한다.

3

1985년에 대학에 진학했을 때 국문과를 선택한 것은 재고의 여지도 없는 일이었다. 대학은 문학이 제도이고 역사라는 것을 가르쳐주었다. 그러면서도 마지막엔 제도와 역사를 떠나 문학만이 남는다는 것을 생각하게 했다. 하지만 대학 시절 내내 나는 서툴렀다. 무엇을 해야 할지, 어떻게 문학을 구성해 가야 할지 감을 잡을 수가 없었다. 더구나 대학 재학 중이던 85년에서 88년까지 학교는 언제나 이념과 논쟁의 아수라장이었고, 생각할 시간이 아니라 행동할 시간만 허락했다. 나는 예상했다는 듯이 다시 분리되어 다녔는데, 한번은 나의 이런 행동이 미웠는지 누가 나를 과대표로 추천했다. 공동의 장으로 나를 호출하기 위함이었다. 나는 강의실 앞으로 걸어 나가 칠판에 한자어 動을 쓰고는 동기들에게 "나는 동動이 아니다"라고 했다.

흥미 없이 떠다니던 대학시절, 3학년 겨울 방학 때 불현듯 짐을 쌌다. 가방 속에 시집과 비평서 들을 잔뜩 구겨 넣고 고속버스를 탔다. 송광사를 찾아갔는데 마침 묵을 만한 곳이 없다면서 비구니 스님들이 있는 수덕사를 소개해주었다. 다시 수덕사로 향했다. 나는 한 달간 머무르고 싶다고 대책 없이 이야기했고, 그날 거기 주저앉았다.

겨울의 절은 믿을 수 없을 만큼 조용했다. 까무룩한 침묵 속을 헤집고 다니며 산책하고, 책을 읽고, 글을 썼다. 내가 묵은 방은 혼자 있기에는 너무나 커서 공간에 압도되어 생각에 집중하기가 다소 힘들었다. 춥고 많이 불편했다. 화장실은 건물 밖으로 나가 마당을 가로질러야 할 만큼 따로 떨어져 있었는데, 밤에는 쉽지가 않았다. 나는 보통 새벽 세시에 스님들이 새벽 예불을 위해 목탁을 두드리며 경내를 도는 소리를 듣고서야 잠이 들고는 했다. 그곳에서 이상과 김수영, 김춘수를 읽었고, 헤겔이나 니체 등을 끼고 있었다. 나는 그때 많은 책들에 솔깃한 젊음이었고, 또 그 책들을 밀어내고픈 치기였다. 짧았지만 수덕사의 시간은 오래 남았다. 나는 스님들이 컵라면과 커피를 즐기며 깔깔거리고 수다 떠는 것이나, 방에는 커다란 거울이 걸려 있고 그 위에 머리빗이 가지런히 놓여 있는 것을 재미있어 했다. 한 스님과는 되지도 않게 종교와 철학에 대한 장황한 논쟁을 벌이기도 했다.

4학년 때 과 선배들과 함께했던 동인은 대학 시절의 유일한 생산적인 활동이었다. 졸업을 했거나 대학원에 다니는 선배들과 함께 시, 소설, 영화, 평론 등의 분과를 구성해서, 글도 쓰고 토론도 하고, 소략하지만 동인지도 냈다. '예술운동'이라는 이름으로 진행한 선배들과의 문학판은 문학을 실물로 느끼게 해주었으며, 나는 그 현장감이 좋았다. 각자의 싸움을 벌이는 문학의 장면들이 내 앞에 펼쳐졌다. 문학의 역사나 도전, 확장, 전환 같은 다양한 시도들이 떠다녔다. 몰취미조차 새로웠다. 내가 그때 선배들에게서 보았던 것은 스타일, 그리고 스타일의 행로였다. 지금 그 선배들이 서 있는 곳을 보면 문학의 길은 정말 예측할 수 없는 곳으로 뻗어 있다는 생각이 든다. 어쨌든 그 시절 나는 짧게, 내가 접혔다 펴지는 순간들을 경험했고, 준비되지도 않은 말들을 던지며 문학의 육성을 느끼기도 했다.

　　대학 시절 김윤식 선생님의 스타일은 또 다른 자극이었다. 그는 문학에서 어떤 엄정함을, 어떤 설득력 있는 장치를 찾아보려 했고, 따라서 항상 문학을 수상스러워했다. 나는 그의 비평적 감수성이 이러한 의심을 따라, 역사를 초극하여 다시 문학으로 한 발 더 나아가는 순간에 긴장했다. 그에게 문학은 여타의 포위를 뚫고 나가는 문제적인 것이었고, 그리고 이것에서 운명의 형식을 이끌어 내는 것이었다. 나는 그 시절 이런 것들이 무엇을 의미하는지, 그 정체를 잘 알지 못한 채 집중했다. 창밖에는 최루가스가 떠다니던 날들이었다.

4

대학을 졸업하고 몇 년간 전혀 글을 쓰지 않았다. 선배들이 각자의 진로를 모색하면서 동인은 휴지 상태에 들어갔고, 나는 잠깐 방송국에도 다니고 다른 학문을 기웃거리기도 하였다. 어수선한 상황이었고, 어쩐 일인지 시를 쓰고 싶지 않다는 알 수 없는 충동을 붙잡고 있었다. 나는 마치 나에게 무언가를 수긍시키려는 듯이, 성장기와 결합되어 있는 문학으로부터 떠나 보려 했다. 외출을 하고 싶었던 것이다.

그렇게 문학을 떠났다고 생각하던 5년이 지나고 서른이 되던 해, 94년 1월 초의 어느 날이었다. 자다가 아직도 한참 어두운 새벽에 깨어 일어났는데, 책꽂이 맨 아래 칸에 꽂혀 있던 이상의 시집이 눈에 들어왔다. 그날따라 새벽이라 그랬는지 나는 아주 희미한 옛사랑을 떠올리듯 시집을 펼쳤고, 그때 「절벽」이 눈에 들어왔다. 그냥 읽었다. 그리고 잠들어 있던 나의 정열과 의식은 그 순간 단번에 깨어났다. 묘혈을 파고 또 파고 들어가도 향기를 맡을 수밖에 없는, 죽음에의 배반과 도취가 일순 명료한 운명으로 나를 사로잡았다. 나는 거기서 불가능한 죽음을 읽었다. 나의 문학이 나를 기다리고 있었다. 나는 새벽 내내 방 안을 서성거리며 아침을 맞았고, 그날로 하던 일을 완전히 정리하고 시를 쓰기 시작했다. 나는 그해 가을 70여 편의 시를 들고 《작가세계》로 등단했다.

등단 이후로 네 권의 시집을 내면서 30대는 흘러갔다. 나는 간혹 지칠 때, 그 새벽을 떠올리곤 한다. 대학 시절에 이미 알고 있었던 그 시가 그 새벽에 나를 불꽃처럼 귀환하게 한 이유가 무엇이었을까. 지금도 「절벽」을 떠올리면 그 두근거림이 다시 나를 소생시키는 이유는 무엇일까. 물론 그것은 이상이라는 텍스트의 현묘함 때문일 것이다. 이상은 아마 지금도 누군가를 불시에 습격하고 있음에 틀림없다. 다만 나는 내게 찾아온 그 우연을 가끔 신기한 듯이 꺼내 보는 것이다. 그러면서 이상이 나를 깨울 때, 내가 이상을 깨운 것이라는 알 수 없는 생각에 도달하곤 한다. 그날 이후로 이상이 내게 계속 깨어 있는 존재이니 말이다. 그를 통해 시는 부단한 탈환이라는 생각을 한다. 탈환되었지만 탈환되지 않은 것인가, 탈환되지 않았지만 탈환된 것인가. 부단하다는 말로 이 난처한 형용모순을 떠올려본다.

첫 시집이 95년에 나왔는데, 등단하기 위해 쓴 70여 편을 묶은 것이다. 등단 이후에 발표하거나 쓴 시들은 98년에 나온 두 번째 시집인 『왜가리는 왜가리 놀이를 한다』에 처음 수록되었다. 따라서 나는 개인적으로 이 시집을 첫 시집으로 생각하고 있다. 이후 3년 간격으로 『붉은 담장의 커브』와 『고양이 비디오를 보는 고양이』가 나왔다. 모두 94년에서 2004년까지 10년에 이른 동안의 일이다. 나는 출간된 내 책들을 별로 좋아하지 않는다. 아니 지나간 시들을 품고 있지 않다는 말이 더 적절할 것 같다. 나는 예전의 잘된 시보다도 차라리 마음에 안 드는 오늘의 메모를 더 선호한다. 항상 그랬다. 자신이 머물렀던 곳을 다시 추적해 들어가는 것은 자기동일시에 빠져야 하는 고문이라 생각한다면 지나친 것일까. 나는 내 시가 낯설어지기를 기다린다. 나를 알아보지 못하고, 쓰였을 때의 정황을 잃고, 헐렁해지고 더 무뎌지기를 기다린다. 한 행 한 행의 중얼거림도 의식하지 못하는 채 도대체 쓸데없이 어슬렁거리게 되기를 기다리는 것이다.

5

94년에 등단한 이래로 벌써 17년이 흘러갔다. 2000년 대의 첫 10년은 시를 쓰는 것 외에『낭만주의』『라캉』『데리다』『조이스』등의 번역 작업을 했다. 또 2007년에는 박사 논문을 쓰느라고 정신이 없었다. 무엇인가를 급격히 파고들어가고 그것으로부터 해방되고 하는 과정은 어린 시절 이후 계속되었던 일이다. 하지만 어린 시절에는 일을 마치면 정체 모를 승리감에 젖었는데, 이제는 이런 저런 조각들을 붙잡고 표류하는 것 같다. 이 조각을 잡았다가 놓치고, 다시 저 조각을 붙잡으러 건너가는 모습이랄까. 하지만 나보다도 조각이 먼저 움직이고 표류하는 것이기에, 나의 허우적댐은 앞으로도 수그러들 것 같지가 않다. 우리 시대의 문학이란 무엇일까. 과연 이 조각들을 어느 한 자리에 모을 수는 있는 것일까. 나는 문학을 따라 떠내려가면서, 아마 이 세계에 거처를 가지지 못할 것이다. 이것은 지난 시집들도 그랬지만 이후에 쓰일 시들에 대한 내 식의 선처이다.

여러 일들이 지나갔고, 요즈음은 시에 더 넓게 집중할 수 있게 시간과 호흡을 고르고 있다. 다섯 번째 시집이 나오기를 기다리고 있는데 7년 만의 책이라 그런지 다소 상기되어 있다. 물론 이것도 빠르게 나와 분리되어 갈 것이다. 그 분리의 가속도 위에서 나는 내가 누구인지를 결국 알아볼 수 없게 되어 갈 것이다. 지난 시집들이 그러했던 것처럼 나는 무엇인가를 잘못 들고 서있는, 엉뚱한 나의 표정을 금방 알아보겠지. 글이란 이상한 것이다. 결국은 무엇을 원하고 있는지 알 수 없게 하고야 만다.

　보르헤스가 여러 군데에서 말했듯이, 과거가 미래보다 명료하다고 보는 것은 환상이다. 과거는 알 수 없이 풀어져버리는 것인데, 이런 섣부른 자전 에세이를 쓰다 보니 내가 기억하는 예전의 몇 개의 장면들이 왜 녹지 못했던 것일까 새삼스럽다. 그 몇 장면들 속에 또렷이 떠오르는 내가 지금의 나일까 싶기도 한 것이다. 이 글을 쓰고 있는 현재의 나를 전혀 알지 못하는 그때의 문학, 그 알 수 없는 싸움, 거기에서 나는 지금 얼마나 나아간 것일까. 얼마나 다른 것일까. 물론 분명 다른 것이겠지. 그래도 나는 여전히 혼자이고, 혼자 글을 쓰러 여기저기 떠돌아다닌다. 나는 여전히 어느 곳에선가, 오랫동안 사물이 되어 앉아 있는 것이다. (2011)

2022년에 쓴 후기: 앞의 글은 2011년에 쓴 것이고 지금은 그로부터 또 11년이 지나갔다. 후기를 쓰는 것은 난감한 일이다. 이전에 쓴 글과의 연속성을 위해서일 텐데 연속이 잘 되지 않는 것은 글도 알고 나도 안다. 모든 글은 앞에 쓴 것을 훼손하면서 덧붙이거나 덧붙이면서 이질화한다. 하지만 그러한 충돌이 있기에 구부러지는 모퉁이가 있고 이것을 매끈하게 하지 않아도 되는 것이라 생각한다. 글은 불연속을 억압하지 않는 것 중의 하나일 것이다.

　11년 동안 세 권의 시집(『언제나 너무 많은 비들』『마치』『물류창고』)과 두 권의 시론집(『횡단』『표면의 시학』), 한 권의 평론집 (『공습의 시대』)이 나왔다. 시론집과 평론집은 계획에 없던 일이었는데 흩어져 있던 글들을 모으니 기획처럼 되어버렸다. 조만간 여덟 번째 새 시집이 출간될 예정이다. 이른 봄이 될 것이다.

　계속 쓰고 출간하는 일로 시간이 흘러갔다. 쓰는 일이 결국에는 귀속되지 않는 일이기 때문일까. 어떤 때는 내가 작가라는 생각도 낯설다. 나는 시인일까. 어디에 소속감을 갖지 못하는 것은 예나 지금이나 비슷한데 최근에는 시간이 흐르는 대로 나도 흐르기 때문인 것 같다는 생각을 한다. 주어진 과제나 몇 개의 삶의 관문들을 짧게 빠르게 통과하고 그로부터 놓여나는 일을 주기적으로 반복했기에 소속감을 갖지 못하는 것이려니 했는데, 꼭 그런 것 같지도 않고 나는 그냥 하루하루 흘러 다니는 중이라 여겨지는 것이다. 시를 쓸 때도 내 쪽에서 무언가를 바라보고 배치하고 판단하는 정도가 줄어들고 있다. 대신 세계가 나를 바라보고 통과하는 것에 글을 맡긴다. 나는 이전처럼 허우적대기보다는 여기저기에서 일시적으로 흐르고 있는 느낌이다. 새 시집도 그런 유동의 하나일 것이다. 쓰는 일은 또 책을 출간하는 일은 이렇게 무망한 일이다.

이른 오전이고 벽시계 초침 소리가 들린다. 현재를 첨가하는 이 짧은 후기에서 넣을 수 있는 것은 저 부단한 초침 소리인 것 같다. 2022년 2월 11일 오전 9시 15분을 지나는 이 순간에 째깍대는 소리가 선명하게 나를 반복적으로 친다. 흩어져 있는 나의 현재를 신경 쓰지 않고 가로질러 지나간다. 선명한 것에 자리를 내주고 한 발자국 물러서는 것, 한 번 더 물러서는 것, 이 것이 내 글쓰기의 시초에 있었는데, 나의 선명함의 요지였는데, 지금 세계는 충분히 선명해진 것일까.

2부

아무것도 아닌 시

덧붙인 생각들

'카게'를 생각하며
- 박인환 문학상 수상 소감

수상 소식을 듣던 날은 남편이 영화 〈카게무샤〉를 빌려온 날이었다. 그동안 볼 기회를 가졌던 구로사와 아키라의 영화 몇 편이 모두 마음에 들었었는데 〈카게무샤〉역시 잘 만든 영화라고 생각되었다. 스펙터클한 화면이 어울렸을 듯한 소재와 배경을 많은 것을 동원하지 않고 간결하게 처리한 점이 돋보였고 그 구성이나 표현도 적절했다. 카게(닮은 대역)를 내세워 전쟁이나 정치를 하는 것이 흥미롭기도 했거니와, 영화 속에서 다케다 신겐의 죽음을 숨기고 3년간 성공적으로 그 역할을 해오던 카게가 자신의 일이 끝난 뒤에도 거기에서 벗어나지 못하고 맴돌다 죽어가는 것이 구로사와의 예술적 솜씨로 잘 처리되었다.

생각해보면 카게를 내세워 살아가는 것이 인생이다. 그것도 하나가 아니라 많은 카게들을 만들어낸다.

시를 쓰는 카게가 있고, 상을 받는 카게가 있다. 또 이를 조롱하는 카게가 있고, 이와 전혀 무관한 카게가 있다. 이 무수한 그림자들이 있을 뿐, 나라는 실체는 없다. 영화에서 신겐의 카게는 한 번밖에 보지 않은 다케다 신겐의 역할을 해나가지만 나를 이루는 카게들은 나를 본 적이 없다. 나는 나를 본 적이 없다. 실체 없는 그림자들의 연속과 비연속이 존재의 방식이기 때문이다.

그러므로 꽃은 계속 피어나고 있다. (2001)

실종의 기록

-『고양이 비디오를 보는 고양이』

아주 천천히 길을 갔다. 어떤 소리를 들은 것 같았다. 끊어질 듯 이어지는 그 소리에 귀를 기울이며 걷다가, 오랫동안 서 있기도 하였다. 자주 그 소리를 놓쳤다. 놓치고 나면 사방에서 엄청난 굉음이 나를 두들겨댔다. 귀를 찢는 여러 소음들이 나를 휘감았다. 나는 웅크리고 앉아 그 포탄을 다 맞았다. 그리고 고요해졌을 때, 다시 그 소리가 들렸다. 이번에는 좀 더 분명하게 들려왔다. 소리가 소리를 만들어 길을 내고 있었다. 허공 속으로 여러 가지 음들이 떨어졌다. 나는 그것들을 따라 다시 걸었다. 소리들이 떼를 지어 날아다니고 있었다. 소리의 윤무, 소리의 반란, 소리의 모험, 나는 사로잡혔다.

사로잡힘, 사로잡힘의 기록, 시

나는 아무것도 믿지 않는다. 거대한 산맥도, 부드러운 자갈도, 내게 칼집을 내는 시간도, 시간이 사라진 뒤의 심해도 믿지 않는다. 퍼져가는 거품, 부서진 길, 방 안으로 들어온 어둠, 공포의 침묵을 믿지 않는다. 믿지 않고 나는

싸운다.

싸운다는 것은 사로잡힌다는 것이다. 싸우면서 사로잡히고 사로잡힌 채 싸운다. 싸우면서 나는 꿰뚫고, 부패하고, 해부하고, 솟아오르고, 떨어뜨리고, 집어삼키고, 실증한다. 나는 산을 오른다. 산꼭대기에 있는 줄도 모르고 또 나무를 오른다. 죽어버린 나무, 쓰러져버린 나무를 나는 오른다. 바다를, 사막을, 늪을, 거미줄을, 썩어가는 두개골을, 무덤을, 나를 가둔 너라는 무덤을 오른다. 너는 어디에 있는가?

"비둘기 옆의 비둘기를 따라갔"는데, 왜 "비둘기는 보이지 않"는가? 왜 나는 "보이지 않는 상대와 쭈그리고 마주 앉아"야 하는가?

그토록 오래 나는 육체를 응시하고, 모으고, 높이 쌓아 올리고, 호흡했지만, 육체는 언제나 제 스스로를 분쇄했다. 내가 감각하는 순간 육체는 육체를 탈각하고 다른 것이 되었다. 내가 가서 닿았을 때 그들은 내 정신의 일부가 되어 소멸되었다. 하지만 나는 알고 있었다. 그들은 달리 존재한다는 것을. 나는 벽을, 사과를, 고양이를, 벽돌을, 벌레를, 문을, 얼굴을, 의자를 그렸지만, 그리워했지만, 그들은 내가 알 수 없는 곳에 있었다. 헤아릴 수 없는 향기와 잡을 수 없는 피, 이해할 수 없는 언어들을 가지고 있었다. 나는 나의 정신이 그들을 포위하기 전에, 내가 그들을 보호하기 전에, 그들이 서로 문을 열고 존재하는 세계를 발견해야 했다. 비밀통로 같은 것을 찾아야 했다. "죽지 않는 벌레"가 거기 있는, 육체의 세계.

하지만 나는 미혹을 타고 올라가듯 "한 장 한 장/눈먼 벽돌들/잠자는 벽돌들을/끝없이 높이 쌓"고 있었다. 육체를 축적하고 있었다.

나는 알고 있다. 나의 시선도 존재하지 않고, 나의 관념도 존재하지 않고, 내가 찢어버린 몇 장의 티셔츠도 존재하지 않고, 어느 날 내가 쌓아올린 모든 것들도, 아무것도 없다는 것을. 그렇게 나는 가까워지려 하였으나 나의 열망으로는, 나의 열망의 축적으로는 들어갈 수 없는 존재의 경계를 감지할 뿐이었으며, 나의 회복 속에서 그토록 너는 재생되었으되 그 재생 속에서 너는 부동하는 것을, 나는 부질없이 움직이고 있으며, 그 움직임으로 마멸하고 있음을.

과열된「트랙」을
아주 천천히 돌면서

파괴하면서 파괴되지 않는 폭풍우를 바라보며

이윽고 이렇게
실종되는 것.

내가 벗어버린 신발, 내가 갇혀 있었던 비, 내가 쏟아지던 거리, 내가 마신 꽃들, 들끓던 꽃들, 내가 깨어나기를

머리맡에서 기다리던 그 뜨거운 꽃들, 사랑했으나

나는 실종되는 것, 실종의 기록, 시

시는 눈을 깜빡이지 않는다. 멀리 나아간 자는 눈을 깜빡이지 않는다. 허공을 잡아당기지 않는다. "의자는 의자를 누르지 않는다". "몸을 던진 사람은 떠오르지 않는다". 나는 이해한다. 이렇게 멀리 와서 왜 "벽에서 도끼를 꺼내"야 하는지를, 왜 벽에 갇힌 너를 꺼내야 하는지를

왜 너는 웃고 있는지를. (2004)

나는 수평이다
– 「일시적인 모서리」

나는 복도를 걸어간다.

나는 복도를 구성한다.

어제와 오늘과 내일은 수평이다.

바닥과 벽과 천장은 수평이다.

수평으로 휘어진다.

나는 벽을 걸어간다.

나는 벽을 나타낸다.

블라인드와 머리칼과 어둠은 수평이다.

바닥과 벽과 천장은 수평이다.

수평으로 포위한다.

나는 천장을 걸어간다.

나와 같이 가요.

나는 수평이다.

바닥과 벽과 천장은 수평이다.

기하학은 매력적이다. 기하학에서는 금욕과 도취가 하나이다. 그것은 어떤 광휘의 조각들이다. 기하학은 본질에 대한 세잔의 관심과, 시각을 넘어서게 되는 큐비즘에서의 개념적 진실 양자를 포괄한다. 기하학은 말레비치의 절대적 자유와 로스코의 위기를 동시에 체현한다. 기하학은 두 번 쾌락을 가르친다. 거기에 머물 때, 머물기를 그만두고 벗어날 때. 로스코의 불가능은 불가능한 쾌락의 향유이다.

나는 무엇에 큰 관심을 갖지 않으며, 무엇을 열심히 만들어내는 것을 좋아하지 않는다. 나의 애정이라는 것은 침묵에 지나지 않는다. 나는 무의미한 소음과 속도를 삶에서 유지한다. 의미에 접목되는 이탈을 꾀하지 않는다. 파행과 독창은 삶에서 안개를 걷어낸다. 나를 바라보게 한다. 나는 이런 시끄러운 것들보다 그냥 미끄러지는 노동을 좋아한다. 마모를 따른다. 흐릿한 날들이 지나가는 것을 바라본다. 나는 삶에 의해 둔화되기를 본능적으로 바란다. 그렇게 해서 지속적으로 벗어나는 것을 택한다. 본질로부터, 자유로부터, 이들은 똑같이 번잡하다.

벗어나는 것을 택한다는 것은 이미 벗어나 있다는 말일 것이다. 아니, 삶은 항상 벗어나 있다. 매듭이 없고 풀어져 있다. 삶에는 윤곽이 없다. 나는 스텔라의 하드에지를 이해한다. 그것은 미학이라기보다 윤리학에 가깝다. 훌륭한 예술은 도덕적이다. 벗어나 있기에 삶을 우물 속으로 집어넣는다. 우물을 계속 만든다.

나는 우물을 들여다보지 않는다. 우물 바닥을 메우지 않는다. 우물이 아니다. 나에게 있어 시간과 공간은 부피 없는 평면, 하나의 표면에 지나지 않는다. "어제와 오늘과 내일은 수평"이고, "바닥과 벽과 천장은 수평"이다. 위계가 아니다. 동일한 면이다. 나는 어제도 오늘도 내일도 이 수평 위를 간다. 내 발목을 물고 늘어지는 것은 아무것도 없다. 내게 다가오는 그 무엇도 거기에서 다른 곳으로 가는 것이 아니다. 시간과 공간의 모든 지점들은 단일한 늪이다. 이 늪은 깊이가 없다. 그러므로 나는 빠지지 않는다.

어떤 커다란 포장이 구별과 경계를 계속 지우며 이 세계에 드리워져 있다. 나는 이 포장 위에서 살아간다. 포장이 우습고 때로 불안정하게 펄럭거려도, 이것을 걷어내고 싶지 않으며 걷어낼 수도 없다. 나도 포장의 일부인 것이다. 나는 단지 수평에 포위되어 있는 것이 아니다. 무엇보다 "나는 수평이다." 나는 돌출되어 있는 존재가 아니다. 구별이 아니다. 나는 내가 구성을 이루고 있는, 넘어설 수 없는 어떤 무관심 속에 포괄되어 있다. 모든 것이 화석화되어 가고 있다. 수평은 하나의 거대한 입이다.

기하학은 나를 구체화시키는 것이 아니라 매몰시킨다. 나는 모서리들 속에 들어 있다. 시간의, 공간의 일부이다. 나는 시간이다. 공간이다. 기하학은 나의 소급을 막고 확대를 막는다. 나는 아득하고 일시적인, 일시적이어서 영원한 내 삶의 수평을 느낀다. 나는 수평이다. 수평으로 소멸되지 않는다. (2007)

뒤통수가 떨어져 나간 듯한 이 사람
- 「대부분의 그는」

시를 쓸 때, 나는 우선 무언가를 보려고 한다. 그것은 어느 한순간일 수도 있고, 장면일 수도 있고, 때로는 사건일 수도 있다. 흔히 생각하기에 보는 것은 아는 것이라지만, 백 번 듣느니 보는 것만 못하다는 말도 있지만, 내 경우에는 그렇지가 않다. 나에게는 보는 것과 이해하는 것은 비슷하기는커녕 차라리 대립적인 것이어서, 나는 보는 순간 '봄'에 미혹되어 그 무엇도 이해하지 못하게 되어버린다. 역설적이게도 봄으로써 알지 못하게 되고, 알지 못함으로써 빠져드는 까닭이다. 다시 말하면 보게 되고 흐려지는 어떤 막무가내의 절연지대랄까, 이러한 것이 언제부턴가 내겐 있어왔는데, 이것이 바로 시로 생각되는 것이다. 따라서 시를 쓴다는 것은 이 절연지대로 들어설 어떤 광경에 직면하는 것, 그 세계의 창출이라 할 수 있다. 나는 그러한 세계를 보아야 시를 쓸 수 있다.

　내가 그림을 좋아하는 이유 역시, 아마도 그림이란 말하지 않고 보여주는 것이라는 생각 때문일 것이다. 물론 개념예술과 같이 우선 말을 하고 싶어 하는 것도 있지만, 이 경우에도 사실은 오브제의 제압이라는 심적 부담을 자양으로 삼고 있다는 점에서 물질성, 즉 미술의 가시성은 본래적인 것이라 할 수 있다. 화가들은 평생 물방울을 탐구하거나 사과, 여인을 그려대고, 기타를 보기 위해 기타의 형체를 부수기도 하지 않는가.

　중요한 것은 나는 그림에서도 비슷한 것을 경험한다는 점인데, 화가들이 사물을 이해하려고 하는 시도들이 언제나 이해의 실패로 귀결되는 듯이 내게는 보이는 것이다. 그들의 즐거움은 기꺼이 자신의 실패에 투항하는 데서 오는 것으로 여겨진다. 마치 사물을 전개하는 것이 사물에 대한 이해를 중지시키는 것이나 다름없다는 것을 각양의 사조들로 납득하기라도 하는 것처럼 말이다. 그들의 다양한 제스처는 사물을 보았다라기보다는 오히려 볼 수 없었다는 것을 환기시키는 것만 같다. 그리고 바로 이 제스처들로 인해 그림이 보여주는 무언가는 단지 '무엇으로 제시'되는 무지에 지나지 않는다.

요컨대, 예술의 본질이라는 말보다 더 적절하게 예술의 생명이라는 것은, 보고 있는 것을 알지 못하는 이와 같은 순간을 드러내는 데 있다고 할 것이다. 자각이 일어나는 순간 동시에 비자각으로 전환되는 지대 말이다. 생각해보면 예술은 실상, 자각을 통해 비자각을 회복시키는 것인 까닭이다. 그것은 자각의 타파를 향해 자각하는 허망한 소용돌이에 지나지 않는다.

대부분의 그는 음영이 없다. 당분간 그를 세워두는 게 좋겠다. 그를 거리에 한 줄로 늘어뜨려놓는 게 좋겠다.

대부분의 그는 다른 사람에게 밀려 들어간다. 들어가서 휘어진다. 대부분의 그는 아무 생각 없이 제 목을 자른다. 그는 우두커니 바닥나 있다.

자신도 모르게 손을 들고 대부분의 그는 자신을 잊어버린다. 잊어버리고 손을 들고 있다. 이제 그는 나을 것이다. 손이 굳어질 것이다. 범죄를 저지를 것이다.

그는 한꺼번에 발견된다. 위치를 표시하기 위해

그는 아랑곳하지 않는다. 입천장을 두드려본다. 키득거리
는 소리가 한데 뒤얽힌다.

대부분의 이동하는 그는 이동을 주장하지 않는다. 이동하
는 그는 이동이 식어 있다. 그는 땅속에 묻혀 있는 것인가. 대부분
의 그는 대부분의 그에 지나지 않아서 대부분 부서진 한복판에서

잊어버린 것을 잊어버리려고 그는 서 있다.

나는 지금 어떤 사람에 대해 쓰고 싶다. 그런데 내가 쓰
려는 사람에 대해 나는 아무것도 모른다. 그는 누구인
가? 어떻게 발생했는가? 질문하기에 앞서 그 사람을 눈
앞에 떠올려본다. 그의 몸짓, 행위를. 그가 움직이고 있
는 것이 보인다. 하지만 그의 모든 움직임은 기묘한 현
실감을 선언할 뿐 나는 그 상황을 이해하고 있는 것은
아니다. 그가 왜 그렇게 하는지, 왜 "그는 아무 생각 없
이 제 목을 자르"는지, 왜 "그는 한꺼번에 발견되"는지,
왜 "그는 이동이 식어 있"고 "땅속에 묻혀 있는 것인"지,
그리고 왜 "그는 서 있"는지, 알 수 있는 것은 아무 것도

없다. 그리고 그것을 알지 못한 채로 나는 두리번거린다. 이 두리번거림이 시를 쓰게 만든 동력이다. 만약 그가 무엇을 하고 있는 것인지를 내가 이해할 수 있다면 그는 움직이지 못할 것이다. 몰이해 속에서만 존재는 움직인다.

나는 내가 어떤 시를 쓰려고 했는지 모르겠다. 누군가에 대해 묘사한 것 같은데, 그에 대해 그려 나가기보다는 결국 그의 식별 불가능함으로 나아간 것이다. 그는 누구인가. 그는 세계로부터, 삶으로부터, 다른 이들로부터, 그 자신으로부터 분리될 수 없는 어떤 덩어리, 뭉치, 근소치로밖에 표현되지 않는다. 나는 그를 알아볼 수 없다. 확정적인 윤곽 안에서 그를 구원할 수가 없다. 그는 확정적인 주체가 아니다. 내가 표현할 수 있는 것은 그라기보다는 언제나 "대부분의 그"이다.

이 "대부분의 그"는 세계의 과잉의 흔적으로 보인다. 세계가 그를 덮치고 있으며, 그를 이루는 주요 성분인 것이다. 그라는 고유한 단자는 없고, 그는 대부분으로만 추정된 미결의 존재이다. 대부분이라는 가설은, 그에 대해 말하고 있을 때에도 그에 대해 무지할 수밖에 없음에 대한 공표이다. 그는 한 사람인가, 여러 사람인가, 그는 경계 안에 있는가, 밖에 있는가, 그는 인간인가, 단지 뭉쳐 있는 인간군인가, 그는 세계인가, 그는 과거인가, 현재인가, 오지 않는 미래인가. 시간을 까마득하게 거슬러 올라가면, 또 시간이 까마득하게 지나가 버리면, 나는 나의 이 두터운 미혹과 결합할 것이다. 나는 나이고 그이고 우리이고, 아무것도 아니다. 나는 나를 이루는 대부분의 것들의 추정치에 불과할 것이다. 그러면서도 나는 나라는 존재의 피부에 계속 둘러싸여 있을 것이다.

다시 그가 서 있다. 그가 움직인다. 나는 그가 무엇을 하고 있는지 모른다. 왜 "손을 들고 있"는지 모른다. 지금 그는 나의 이 모름에 적절하게 부합한다. 그는 늘 잊어버리는 존재이며, 무엇을 잊어버렸는지조차 잊어버리는 존재이다. 그래서 "잊어버린 것을 잊어버리려고" 서 있다. 나는 내가 쓰고 있는 사람이 이 사람이 맞나 잠시 생각해본다. 아닐지도 모른다. 처음부터 길을 잃은 것일 수도 있다. 하지만 어떻게 해서 나는 이렇게 뒤통수가 떨어져 나간 듯한 사람을 보고 있는 것일까. 내가 무엇을 보고 있는지조차 끝까지 알 수 없게 되는, 이 아무 것도 자각할 수 없는 존재를. (2012)

내림은 내리지 않음과
-「왼쪽 비는 내리고 오른쪽 비는 내리지 않는다」

내가 너의 손을 잡고 걸어갈 때

왼쪽 비는 내리고 오른쪽 비는 내리지 않는다.

우리에게는 언제나 너무 많은 손들이 있고

나는 문득 나의 손이 둘로 나뉘는 순간을 기억한다.

내려오는 투명 가위의 순간을

깨어나는 발자국들

발자국 속에 무엇이 있는가

무엇이 발자국에 맞서고 있는가

우리에게는 언제나 너무 많은 비들이 있고

왼쪽 비는 내리고 오른쪽 비는 내리지 않는다.

내가 너의 손을 잡고 걸어갈 때
육체가 우리에게서 떠나간다.
육체가 우리를 쳐다보고 있다.

우리에게서 떨어져 나가 돌아다니는 단추들
단추의 숱한 구멍들

속으로

왼쪽 비는 내리고 오른쪽 비는 내리지 않는다.

그랬던 것 같다. 비가 내리면 비 쪽으로 다가갔던 것 같다. 커피를 마시다가, 책을 보다가, 혹은 어떤 시들한 약속 준비를 하다가, 비가 내리는 것을 보면 그리로 향했던 것 같다. 향한다는 생각 없이, 멈춘다는 생각 없이, 다가가서

내가 사라져버리곤 하는 것이다.

빗속으로, 세계 속으로,

내가 사라지고도 비는 내린다.
내가 사라지고도 나는 사라지지 않는다.
사라지지 않는 사라짐, 나는 비에 닿은 것일까,

빗속을 걸어가면 누군가와 같이 가는 것 같고, 손을 잡고 있는 것 같고, 잡고 있는 손을 놓친 것 같고, 내리는 비가 내리다가 내리지 않는 것 같고, 나는 걸어가지 않는 것 같고, 문득 멈춰 서서

비,

이렇게 가득한 존재들이 텅 비어 있고,

내림은 내리지 않음과
내리지 않음은 더 많은 내림과 같이 있다.

그랬던 것 같다. 비가 내리면 비는 오고, 비는 가고, 너는 오고, 너는 가고, 무언가가 아직도 남아 젖지 않고,

젖어버리지 않고, 물끄러미

어떤 유실된 세계가 떠오르는 것이다. 비는 유실된 세계가 다가오는 것이다. 그것은 가혹하게 친숙하다. 하지만 무엇을 잃어버린 것일까, 어떤 유실로 나의 손이 둘로 나뉘어지게 된 것일까,

비가 내리면 비는 일치하지 않는다. 비는 커다란 원이 되지 않는다. 비는 비들이 되어 구분되지 않는다. 비가 내리면 나는 빗속으로 자꾸만 걸어 들어간다. 끊이지 않고 내리는 비란 무엇일까, 끊어져 있는 비란 무엇일까, 비는 언제나 또 다른 비 위로 떨어지고 비를 그예 상실하고야 만다.

빗속으로 걸어 들어간다. 마지막 문장 속으로 걸어 들어가듯이, 그러나 흩어지는 문장들처럼, 비는 다가갈 수 없는 것이다. (2012)

시의 습격
– 「물류창고」

우리는 물류창고에서 만났지

창고에서 일하는 사람처럼 차려입고

느리고 섞이지 않는 말들을 하느라

호흡을 다 써버렸지

물건들은 널리 알려졌지

판매는 끊임없이 증가했지

창고 안에서 우리들은 어떤 물건들이 있는지 알아보기 위해

한쪽 끝에서 다른 쪽 끝으로 갔다가 거기서

다시 다른 방향으로 갔다가

돌아오곤 했지 갔던 곳을

또 가기도 했어

무얼 끌어 내리려는 건 아니었어

그냥 담당자처럼 걸어 다녔지

바지 주머니엔 볼펜과 폰이 꽂혀 있었고

전화를 받느라 구석에 서 있곤 했는데

그런 땐 꼼짝할 수 없는 것처럼 보였지

물건의 전개는 여러 모로 훌륭했는데

물건은 많은 종류가 있고 집합되어 있고

물건 찾는 방법을 몰라

닥치는 대로 물건에 손대는 우리의 전진도 훌륭하고

물류창고에서는 누구나 훌륭해 보였는데

창고를 빠져나가기 전에 아무 이유 없이

갑자기 누군가 울기 시작한다

누군가 토하기 시작한다

누군가 서서

등을 두드리기 시작한다

누군가 제자리에서 왔다 갔다 하고

몇몇은 그러한 누군가들을 따라 하기 시작한다

대화는 건물 밖에서 해주시기 바랍니다

정숙이라 쓰여 있었고

그래도 한동안 우리는 웅성거렸는데

이쪽 끝에서 저쪽 끝까지 소란하기만 했는데

창고를 빠져나가기 전에 정숙을 떠올리고

누군가 입을 다물기 시작한다

누군가 그것을 따라 하기 시작한다

그리하여 조금씩 잠잠해지다가

더 계속 계속 잠잠해지다가

이윽고 우리는 어느 순간 완전히 잠잠해질 수 있었다

2018년에 일곱 번째 시집 『물류창고』를 냈다. 시집 안에는 「물류창고」라는 제목을 가진 시가 10편 들어 있고 이 시는 맨 앞에 수록된 것이다. 「물류창고」 시들 가운데 가장 먼저 쓰였다. 이 시를 쓸 무렵, 같은 제목을 달고 여러 편의 시가 연이어 쓰일 것이라고는 생각하지 못했던 것 같다. 그런데 완성하고 나서는 이전에 썼던 시들과 달리 한동안 시에서 떠나지 못했고, 결국 「물류창고」 시를 계속해서 쓰게 되었다. 당시 심경이 그랬다. 새로운 「물류창고」가 쓰여도 웬일인지 마음에 충분하지 못해 또 다른 「물류창고」를 써야 했고, 그렇게 해서 10편의 「물류창고」가 출현하게 된 것이다. 그리고 여기서 멈춘 것도 아니다. 시집을 출간한 후에도 「물류창고」 시를 세 편 더 발표했으니 말이다. 이 세 편은 다음 시집에 들어갈 예정이어서 물류창고의 여진이 여덟 번째 시집으로도 이어질 것 같다.

이렇게 같은 제목의 시를 계속 쓰게 된 계기를 나도 잘 모르겠다. 사실 나는 연작시에 끌리지 않는다. 같은 제목에 일련번호를 붙인 통상의 연작시에 피로를 느낄 정도다. 물류창고에 번호를 붙이지 않은 이유다. 번호가 없기 때문인지 연작시라고 생각하지도 않는다. 단지 물류창고의 반복은 잘 설명되지 않는 중첩일 뿐이고, 분명한 것은 이 제목의 시들을 쓰게 된 것이 순전히 첫 번째 물류창고의 힘 때문이라는 생각이다.

시들은 모두 다르게 태어난다. 한 시집에 묶여도 각각 다른 모습을 하고 있다. 어떤 시는 고심과 퇴고의 결과이고, 또 어떤 시는 거의 습격하다시피 온다. 나는 그것을 홀린 듯이 받아 적을 뿐이다. 시 쪽에서 다가오고 나를 지나가버리는 시, 내가 별로 한 게 없다고 느끼는 이런 시를 나는 사랑한다. 이것이 소위 영감이 아닐까 생각할 수 있지만 좀 다르다. 영감은 이 세계 너머의, 다른 세계에서 오는 것이다. 시의 습격은 시를 쓰는 과정에서 일어난다. 시가 나보다 빠르고 내가 들어서기 전에 나를 관통하고 지나가기 때문에 일어난다. 내가 선 자리에서 시가 나를 밀어내는 것이다.

첫 「물류창고」가 여기에 해당된다. 물류창고라는 단어를 거리에서 보았을 때, 의류 물류창고, 사탕 물류창고 같은 간판이 갑자기 눈에 들어왔을 때, 시의 습격이 시작되었던 것 같다. 「물류창고」라는 제목을 쓰고 나자 "우리는 물류창고에서 만났지"라는 문장이 바로 나타나고, 이후에는 모든 것이 순식간에 진행된 것이다. 나는 나의 음성과 톤이 아닌 무언가가, 마치 다른 누군가가 내 안에 들어와 나 대신 움직이고 있는 것 같은 느낌으로 이 시가 태어난 것을 기억한다. 내가 아니라 시가 움직이는 것 같은 이 순간은 나를 넘어서는 매혹이 어떤 것인지, 그 매혹이 얼마나 자연스러운 것인지 깨닫게 해준다. 물류창고를 계속 서성인 것은 아마도 이 감회 때문일 것이다. (2021)

아무것도 아닌 것으로 머물러 있는
모든 것들에 바치는 경의
- 김춘수시문학상 수상 소감

지금처럼, 해가 지는 오후의 시간을 좋아한다. 방의 창을 열고 서성거리며 어둠이 천천히 내리는 밖을 바라보는 것을 좋아한다. 누군가 지나가기라도 하면 안 보일 때까지 눈으로 계속 따라가며, 그 형체가 사라진 뒤로 홀로 남은 어둠을 바라보는 것을 좋아한다. 아무것도 하지 않으면서, 아무것도 하지 않고 머물러 있는 무언가를 바라보는 것은, 이러한 아무것도 아닌 바라봄은 특별한 위안을 준다.

"너도 아니고 그도 아니고, 아무것도 아니고 아무것도 아니라는데"로 시작하는 김춘수 시인의 「서풍부西風賦」가 오래전부터 마음속에 들어 있다. 꽃이 나오는 그의 다른 초기 시도 좋아하고 중기의 이른바 무의미 시도 좋아하고 처용 이후에 쓴 짧은 통찰적 시들도 좋아하지만, "아무것도 아니"라는 단순한 구절은 마음 가장 깊숙한 곳에 살아 있다. 어딘가 갇혀 있다고 느낄 때마다 이 구절이 헤엄쳤다. 이것은 나를 다른 곳으로, 여기에 없는 자유로 이끌어주었다. 항상 새로운 부정으로, 부정의 새로움으로 나를 흔들었다. 격렬하지도 않고 속삭이듯 잔잔한 음성으로 말이다. 그리하여 아무것도 아닌 시간, 아무것도 아닌 시를 쓰는 것이다. 시란 그럴듯한 무엇이라기보다, 아무것도 아닌 것으로 머물러 있는 모든 것들에 바치는 경의가 아닐까.

　　바닥에 엎드려 시를 끼적이기 시작하던 어린 학생 시절부터 읽고 가까이 하던 김춘수 시인의 이름으로 상을 받는다는 연락을, 오늘 받았다. 시인이 문득 눈앞에 서 있는 느낌이다. 시와 함께하는 이 오랜 여정에서, 다시 바닥에서 시인과 맞닥뜨린 것 같다. 이 순간을 무어라 할 수 있을까. 이번 수상 시집에는 마침 시인의 고향인 통영을 제목으로 한 시가 들어 있는데 다음과 같은 구절은 불현듯, 이 맞닥뜨림을 옮겨놓은 듯 여겨졌다. "누군가 나를 숨 쉬고 있었는데 그를 알아볼 수가 없었다." 알아볼 수 없음, 시에서의 이러한 인식 불능에 대해 시인은 "너도 아니고 그도 아니고 아무것도 아니고 아무것도 아니"라고 다시 한번 위로를 건네준다. 밖에는

이제 어둠이 가득하다. (2018)

3부

날개가 없이도 날아가는

시인들

시의 무장 해제

- 이승훈 시인 추모사

『이승훈 시전집』을 앞에 두고 앉아 있다. 선생님께서 이 책을 보내주신 것은 2012년 6월 초여름, 선생님의 떨리는 듯 가느다란 글씨체는 오랜 세월 변함없다. 습작시부터 『화두』까지 수록되어 있는 책을 받고 앞에서 뒤로 뒤에서 앞으로 틈틈이 넘기고 펼치곤 했다. 그때마다 유난히 소년 시절의 시에 눈이 갔다. "이 길을 가면 나의 마음은 비어간다"로 시작하여 중간에 "언덕을 향하여 오르는 것은 얼마나 오랜 기다림이었나" 라는 구절이 있는, 전집 맨 앞에 실린 「나목이 되는」은 15세 때 학생 잡지《학원》에 수록되었던 시다. 그 최초의 시가 마치 선생님의 전 생애를 요약하듯 그렇게 맨 앞에 놓인 것이 신기해 한참 들여다봤다. 마음이 비어가는 것과 오랜 기다림이 같이 있는 거구나.

영면하신 날 선생님께 마지막 인사를 올리고 집으

로 돌아온 날 밤에도『이승훈 시전집』을 펼치고 책상에 앉았고, 지금 이 글을 쓰기 위해 또 전집을 앞에 두고 앉아 있다. 언덕을 향하여 오르는 것도, 기다림도 끝내신 걸까. 실감이 나지 않는다. 아직도 오랜 기다림으로 언덕을 향하여 오르고 계시는 듯하다. 책을 다시 들춰본다. 노년기에 접어든 이후로 선생님은 날씨를 싫어하셨다. 비가 오거나 어두워지거나 계절이 바뀌거나 하는 것을 좋아하지 않으셨다. 아마 그런 때면 다가오는 알 수도 없고 형체도 없는 그림자 때문일 것이다. 그 그림자를 느낄 때면, 하루가 기울어져가는 시간에 갑자기 어떤 무너지는 듯한 느낌이 엄습할 때면, 지금처럼 선생님 책을 열고 시를 한참 들여다볼 것인가.

선생님을 처음 뵈었을 때의 순간이 잘 생각나지 않는다. 어색했을 첫인사의 기억이 없다. 선생님은 처음부터 아주 거리낌 없는 친구처럼 대해주셨다. 친구라기보다는 일종의 동족의 이해와 신뢰의 눈빛을 주셨다. 선생님과 나눈 자유로운 대화를 잊지 못한다. 정확하게는 해방적 대화이다. 이상과 김춘수와 아방가르드와 선시와 혜능과 정신분석과 라캉과 신경증과 들뢰즈와 에곤 쉴레와 고흐와 돌고 돌아 목월과 쉬르와 앤디 워

홀과 미니멀리즘과 이승훈과 이수명에 대해 이야기하던 순간을 잊지 못한다. 나는 여기저기서 얼핏얼핏 떠오르는 것들을 마구 던질 수 있었고, 선생님은 내가 던진 것들을 다시 정확하게 시로 돌려주셨다. 대화는 단번에 핵심을 관통했고, 핵심을 벗어나 유희했고, 더 넓어진 곳으로 옮겨갔다. 나는 내 질문이 선생님 말씀처럼 "날개가 없이도 날아가는" 느낌을 받았다. 선생님의 사유 속에서 말이다.

생각해볼 것도 없이 그런 종횡무진의 대화는 선생님이시기에 가능했다. 선생님이 들려주시는 선시와 불교에 대한 이야기들을 나는 되지도 않는 논리와 인식론으로 풀어보고자 했고, 그러면 선생님은 그 지상의 언어를 해방의 언어로 확장해주시곤 했다. 그 직통의 순간들, 내가 알기로 그것은 나뿐만 아니라 시와 문학의 헛걸음질을 반복해야 하는 제자들에게 선생님이 항상적으로 베풀어주신 것이다. 그것은 열려 있었고 직접적이었다. 나는 그 작은 체구에서 나오는 지성, 열정, 몰입, 고양, 그리고 몇 번씩 반복해도 다른 어떤 말보다 어울리는 '해방감'을 잊지 못한다. 선생님과의 대화는 항상 막힘이 없었다.

선생님의 시도 처음부터 그렇게 막힘없이 다가왔다. 나는 선생님의 시를 좋아했고 선생님 시를 이야기하지 않는 학기가 없었다. 그중 수업시간에 제일 많이 소개했던 시는 「손이 떨려도 좋아」이다.

손이 떨려도 좋아 글자가 틀려도 좋아 감기에 걸려 또 약을 먹었지 바른 손이 저리면 왼손도 저리고 저려도 좋아 저려도 좋아 이런 시는 쓰지 않아도 좋아 감기에 시달리며 가을이 가네 그대 소식 없어도 좋아 인제 가던 길가에 흔들리던 코스모스 동서 작은 아버지 머리는 하얗고 난 머리 빠지는 게 좋아 이런 시 쓰다 말고 화장실 가서 침을 뱉고 돌아왔지

가을 오전 은행 탁자에 고개 숙이고 축의금을 썼지 글쎄 국민은행까지 가서 떨리는 손으로 글을 쓰고 지금은 방에서 쓰지 읽을 수 없어도 좋아 나오는 대로 쓰는 거야 내 안엔 아무것도 없지 이런 소리가 무슨 소린지 모르니까 좋아 밥맛은 없지만 매일 밥을 먹고 밥 먹다 말고 갑자기 배가 아파 화장실 가는 사람 나만이 아니리 그래도 좋아 그래도 좋아 기침하는 가을이 좋아 떨리는 글씨가 좋아 바람에 흔들리는 코스모스 어느 날 그대 낙지 천국에서 매운 낙지 먹고 난 고등어 먹으리 그래도 좋아 그래도 좋아 바람에 흔들리는 백지 읽을 수 없어도 좋아

이 시에 무엇을 첨가할 수 있을까. 어떠한 문학적 수사나 장치가 필요 없는 이 시를 가지고 강의를 하면 목소리는 가라앉고, 호흡은 예사롭지 않게 되고, 수강생들은 바로 선생님 시에 빠져드는 것이다. 쓰지 않아도 좋아, 읽을 수 없어도 좋아, 학생들은 이러한 노출에, 이러한 무위無爲에 바로 충격을 받는다. 침묵과 함께 "시 같지 않은데 끌려요"가 그들의 반응이다. 나는 여기에는 두 가지 의미가 들어 있다고 생각한다. 우선 시적이지 않은데, 시적이지 않아서 좋다는 것이다. 그렇다. 아마 선생님의 시가 시이기 위한, 시가 되려는, 시를 흉내 내는 그 무수한 문학의 갑옷을 입지 않아서 좋은 것일 테다. 그리고 덧붙여 시보다 더 좋다는 것이다. 시보다 더 좋은 어떤 것, 이것을 비시라 해도 좋고, 다시 시라 해도 좋고, 비시와 시는 선생님에게 불이不二다.

　나는 선생님의 시를 읽을 때 늘 이승훈 시인이 낸 문학사의 새 길은 어떠한 것일까에 대해 생각하곤 했다. 선생님은 시 밖으로 걸어 나간 가장 먼 걸음 중의 하나에 해당될 텐데, 시란 무엇인가 하는 문제를 둘러싼 다양하고 위대한 쌓기 놀이와 무관한 걸음, 시를 쓰는 것이 정확하게 시를 허무는 것과 일치되어 있는 걸음, 그래서 시 짓기에서 빠져나가기가 아닐까. 그런데 생각해보면 또 한편으로 선생님의 시는 시의 초극이 아니고 시의 부정도 아니고 시의 확장도 아니다. 그렇게 의식적으로 움직이지 않고 그러한 방향과 목표를 갖지 않는다. 우리 문학사에서 관념과 싸운 시인들이 있지만, 관념을 억제하고 현상과 사물의 세계에 주권을 양도하려는 노력이 지속적으로 내려왔지만, 이승훈의 시에는 그러한 억제나 긴장이 들어 있지 않다. 싸우지 않는다.

나는 선생님 시가 무기가 없는 시라고 느낀다. 시의 무장해제다. 나는 이렇게 무심한 시를 보지 못했다. 아무것도 없고 뭘 만들지도 않고 어떤 것을 강렬하게 환기하지도 않는다. 무엇을 쓴 것일까, 쓴 것과 쓰지 않은 것이 차이가 없는 것, 사실 이것은 문학으로서는 위태로운 길이다. 그런 시가 시로 성립될 수 있느냐의 하찮은 질문을 불러일으키기도 한다. 그러나 시의 역사는 그러한 질문에까지 이르도록 하는 시들의 자취라고 한다면 역설일까.

선생님은 자신의 시를 설명하는 시론에 대해서도 많이 쓰셨다. 백색의 글쓰기, 영도의 시 쓰기, 문체가 없는 글쓰기, 나는 이런 말들을 잘 이해하지는 못한다. 다만 그것은 내가 짐작만 하는 자유에의 도달이 아닐까 생각한다. 글쓰기의 감옥에서 글쓰기의 자유에 이르는 길, 문체를 이루고 문체에서 벗어나는 길, 그것이 영도의 시쓰기일 것이다. 그것은 굳이 문학도 시도 아닐 것이며, 문학이나 시를 가로지르는 어떤 것일 텐데, 아주 잠깐 가능한.

뭘 그렇게 복잡하게 생각하냐는 듯한 선생님의 맑은 눈빛이 떠오른다. 이제 선생님이 떠나셨으니 선생님의 시와 대화해야 한다. 시를 남기셨으니 떠나시지 않은 것도 같다. 전집이 나오던 해 겨울인가, 몇몇 시인들과 어울려 선생님을 뵈러 간 적이 있었다. 그때 우리들 아홉 명은 각자 드리고 싶은 말을 작은 나무판에 한 마디씩 적어드렸는데, 신기하게도 선생님은 해당 글귀와 그것을 적은 시인을 모두 맞추셨다. 선생님이 계셔 시가 있고, 현대시가 있고, 한국의 현대시가 있어요. 그때 내가 적었던 글이다. (2018)

불확실한 편린과 불확실한 리듬만이
반복해서 도래한다
- 최정례 시인의 초상

2021년 1월 16일 아침 9시를 막 지나는 시간, 핸드폰 벨이 울렸다. 발신자 이름에 최정례라고 떴다. 전화의 목소리는 말하고 있었다. "오늘 새벽 처가 세상을 떠났습니다."

　토요일 아침이었다. 평상시에 하던 것처럼 아침을 차렸다. 가족들이 식사를 마치기를 방에서 기다리다가 설거지를 하고 집을 나섰다. 가파르게 추운 날이었다. 택시를 타고 신촌세브란스 장례식장에 도착한 건 11시가 넘어서였다. 장례식장은 막 조문을 받을 준비를 마친 상태였고 나는 제일 먼저 도착한 사람이었다. 절을 올렸다. 방금 다른 세계로 넘어간 쓸쓸한 언니에게, 보이지 않는 경계 너머에서 낯선 걸음으로 서성일 사람에게, 아직 익숙하기만 할 터인 이 세계의 친밀함을 서둘러 전하고 싶었을 뿐이었다. 사진 속의 눈을 마주하고 무슨 말인가 하려 했는데 말은 안 나왔다. 30분 만에 나왔다. 돌아올 때는 버스를 탔다. 눈앞에 도착한 버스를 번호도 안 보고 그냥 탔다. 한 시간 넘게 버스로 시내를 돌아다니다가 어느 전철역인가에 차가 정차했을 때 내렸다.

1998년 7월 5일에 언니의 두 번째 시집인 『햇빛 속에 호랑이』와 나의 두 번째 시집인 『왜가리는 왜가리 놀이를 한다』가 함께 나왔다. 세계사 시인선으로 '왜가리'가 84번, '호랑이'가 85번이다. 같은 날 탄생한 이 두 시집의 출간을 준비할 무렵의 기억이 생생하다. 시집에 대한 이야기, 표4 글에 대한 의견을 나누곤 했는데, 사실 만남은 좀 더 거슬러 올라간다. 내 인생에 최정례 시인이 처음 등장한 것은 1995년 말이다. 내가 등단하고 얼마 되지 않아서인데, 첫 인사를 나눈 기억은 없고 바로 특유의 동행을 하는 모습이 자연스럽게 떠오른다. 이후로 계속되는 동행의 제안자는 언제나 언니였고 그 첫 번째 동행은 불어 교습이었다. 난 지금도 왜 그때 불어 공부를 했는지 모른다. "수명, 불어 공부하지 않을래?" 이 한마디로 모든 것이 시작되었다. 언니가 선택한 불어 선생님, 장소, 시간에 맞추었다. 일주일에 한 번 불어 공부를 좋은지도 모르고 했는데, 바로 그 점이 좋았던 것 같고 그래서 계속했던 것 같다. 나중에 공부를 멈추자 곧 다 잊어버리고 말았지만 당시 몇 년간 지속된 이 기간 동안 나는 결혼도 하고(언니는 내 결혼식에 온 유일한 시인이었다), 소꿉장난을 하듯 같은 날에 같은 출판사에서 둘 다 두 번째 시집을 냈다.

1990년에 등단한 최정례 시인은 올해로 시력이 30년이 넘는다. 등단하기까지의 삶과 등단 전후에 대해서 나는 잘 알지 못한다. 결혼 초의 어려웠던 정착 과정과 중학교에서 10년 정도 교편을 잡았다는 것, 몇몇 시인 지망생들과 함께 오규원 선생님께 시를 배웠다는 것 등은 대략 알고 있지만 이에 대해 직접 자세히 듣지는 못했다. 어떻게 직장을 정리하고 시의 세계로 옮겨오게 되었는지 그 내밀한 전환의 과정을 시인이 들려주지 않았고, 나도 묻지 않았기 때문이다. 서로의 생활을 알고는 있지만 결코 많이 알지는 않은 채로 지내온 건 처음이나 나중이나 변함없었다.

　물론 오랜 교류의 기간 동안 카페나 빵집에서 둘

이 시간 가는 줄 모르고 많은 이야기를 나누곤 했는데, 종횡무진 오가던 대화에도 생각해보면 특징이 있었다. 과거보다는 대개 현재의 상황에 대한 이야기를 즐겼다는 점이다(우리가 서로의 과거에 대한 이야기를 나눈 건 거의 최근, 6개월 남짓한 시인의 입원 기간 동안 길어진 전화 통화를 통해서이다). 최근 발표한 시나 하고 있는 일, 관심 가는 시인들, 그리고 예정되어 있는 일정들에 대한 이야기가 주를 이루었다. 그중에서도 시인은 맨 마지막 것, 계획하거나 구상 중인 일을 이야기하는 것을 특히 즐겼다. 나의 계획에 대해서도 그랬고 자신의 구상에 대해서도 그랬다. 그것은 그의 특별한 성향이었다. 지나간 일보다 새로운 일을 이야기할 때 그의 동력은 자연스럽고 활기가 넘쳤다. 그는 적절하게 움직이는 순간의, 움직이기 직전의 긴장을 늘 최적화된 에너지로 삼곤 했다. 움직임을 피로로 감지하는 나보다 항상 젊었다.

특별하다는 말을 쓰고 말았는데, 최정례 시인은 정말 특별한 사람으로 내게 각인되어 있다. 그는 내 인생의 몇 안 되는, 내게 다가온 사람이다. 늘 먼저 말하고 벌써

움직이는 사람이다. 행동이 거의 부재에 가까운 나에게
는 희귀한 것이었다. 이를 가리키는 말이 잘 떠오르지
않는데, 일단 직접성이라고 해두자. 그와 세계가 직접
연결되어 있는 것 같기 때문이다. 중간에 어떤 걸림돌
이 느껴지지 않는다. 보통 우리들이 무언가를 통해서
바라보는 세계가, 그에게는 투명하게 나타나는 듯 보
인다. 그는 사물을 바로 직면하고 관통한다.

특히 그는 눈과 손이 발달했다. 눈은 빠르게 간파
하고, 손은 정확하게 작동시킨다. 소소한 예를 들면 그
는 복잡한 요리를 매우 간단하게 쉽게 하고, 집 안 정돈
을 잘해서 편안하고 익숙한, 소박한 몇 개의 소품으로
고급스러운 분위기를 연출할 줄 안다. 맛있는 빵과 떡
을 파는 집을 꿰고 있고, 1년 내내 아침 수영을 즐긴다.
직물을 만졌을 때 혼방 비율을 맞힐 수 있으며, 사람들
을 만나면 가방이나 구두에서, 혹은 더 작고 잘 보이지
않는 것에서 아름다움을 찾아내 감탄한다. 선물을 잘
골라서 가볍고 정이 가는 깜짝 선물을 즐겨 안긴다. 그
가 한번 지나가면 드러나는 것은 세계의 아름다운 즉
물성과 구체성이다. 사물의 선명한 자태다.

그의 말도 그렇다. 어떤 주저함이나 두려움이 없

다. "모하고 지내니" 이렇게 건너오는 그의 문자는 대개 거두하고 절미한 한복판만 있다. 그 자신이 한복판에 있고 그와 만나는 사람들도 한복판에 있다고 느끼도록 만드는 그 직접성을 무어라고 달리 표현할 수 있을까. 그 한복판에서 어느 때든 그와 함께 있으면 심심하지 않다.

물론 그뿐 아니다. 나는 때때로 고개를 갸우뚱하면서 자유나 용기 같은, 오래전 서랍 속에 넣어둔 단어들을 떠올리곤 했다. 어딘가에서 들었던 자유와 용기라는 말을 삶에서 구체적으로 느낄 수 있는 순간이 있을까. 우리가 본능적으로 장착하고 있는 어떤 '구애됨'이 편리하고 안전한 것이어서, 누구나 여기저기에 탈 없이 구애되어 살아가고 있다면, 그것이 그에게는 작동하지 않는다. 구애됨이 없다는 것, 이마를 들고 직접 가로지른다는 것, 나는 두려움이 없는 사람을 눈앞에서 본 것이다. 흐릿하게 살아가는 쪽에서 보면 이렇게 드러내는 삶이야말로 위험이 따르는 것일진대, 그는 오해와 비판을 차라리 맞이하는 쪽이지 피하지 않았다.

그의 유니크한 특성 중 또 하나 두드러지는 것은 유별

난 학구열이다. 불어 공부를 하자고 한 것 외에도 그는 나를 여기저기 끌고 다녔다. 우리는 황현산 선생님 비교문학 수업 외에도 김우창 선생님 현대 영미시 수업도 함께 들었다. 물론 청강이고 그가 미리 다 허락을 받아놓으면 나는 어물쩍 옆에 묻어 들어갔다. 두 시인이 아무리 조용히 있어도 신경이 쓰일 텐데 허락하신 선생님들의 관대함과, 또 가능한 것으로 상황을 만들어가는 그의 돌파력이 결합한 결과로, 나는 1990년대 후반에 고려대를 두 학기 동안 다녔다. 그리고 2000년대를 한참 지나서 2017년 11월 어느 날에 그는 또다시 나를 재미난 곳으로 끌고 갔다. 영시 연구자들로 구성된 영시 독회 모임이었다. 함께 영시를 읽고 시 세계를 논의하는 곳이었다. 나는 귀동냥하기에 여념이 없었지만 그는 모임에서 경청할 만한 의견을 내는 활발한 참가자였다. 그런 그를 보는 것은 참으로 즐거운 일이었다. 코로나로 중단되기까지 2년 넘는 기간 동안 한 달에 한 번 나는 그 별난 재미가 있는 곳을 찾았고, 독회가 끝나면 우리는 만난 김에 커피를 마시며 시간을 보냈다. 때로 그날 해소되지 않은 시 구절의 경이로움이나 의문점들을 붙들고 늦은 오후가 될 때까지 이야기를 나누었다.

독회도 즐기고 수다도 즐겼다.

그는 언제나 자신의 학구열을 불태울 수 있는 자리들을 찾아다녔고, 그 자신이 그러한 열정의 근원지였다. 35세에 등단을 했고, 40세가 넘어 대학원을 갔으며, 박사 학위를 받은 것은 50세가 되어서였으니, 문학의 길로 들어선 것 자체가 늦은 편이라 할 수 있는데, 늦음은 결코 문제가 아니었다. 배움의 즐거움으로 전진해 나가는 데 있어 어떠한 망설임도 없었다. 어린 친구들과 어울리는 것도 문제가 아니었다. 대학원 입학을 앞두고 그간 돌보지 않았던 영어 걱정을 좀 했지만, 곧 영어를 읽고 말하고 쓰는 데 불편함이 없을 정도로 실력을 발전시켰다. 그래서 아이오와 창작 프로그램에 참여했을 때나 버클리 대학에서 1년간 방문 작가로 지냈을 때, 소통이 편안하고 자유로웠다는 이야기를 건너건너 전해 들었다. 체류 과정을 부담스러워하는 작가들도 있다고 하는데, 그는 외국 시인들과 교류하고 대화하는 시간을 즐겼으며, 이후로도 줄곧 영어로 시를 읽고 말하고 표현하는 일을 멈추지 않았다. 그래서 2019년에 그가 번역한 제임스 테이트의 산문시집『흰 당나귀들의 도시로 돌아가다』가 나왔을 때, 나는 번역이라는 작업이 가하는 타 언어의 충격을 그가 시인으로서 으스러지도록 흡수한 것에 감탄을 하고 말았다. 무언가를 배울 수 있는 사람은 정말이지 흔하지 않다.

자신의 시집을 영어로 번역하는 일에 참여한 것이나, 직접 영미권 시를 번역한 과정을 틈틈이 들려주면서 그는, 시인으로서 영시에서 한국시로 한국시에서 영시로 오가는 특별한 경험을 자주 이야기했고, 찰스 시믹 등 현대 미국 시인들을 공동 번역하자는 제안도 했다. 심지어 좀 늦었지만 학부 영문학과에 입학하고 싶다는 말까지 해서 나를 웃게 만들었다. 내가 웃은 이유는 그가 정말 그럴지도 모른다는 생각에 벌써 강의실에 앉아 있는 모습이 떠올랐기 때문이다. 배움과 일을 향한 그의 열정은 그냥 지칠 줄 몰랐다. 항상 위대한 무엇인가를 자신의 밖에서 찾아내고 그것을 향해 나아감으로써 스스로를 높이는 삶을 그는 살았다.

내가 최정례 시인의 첫 시집에 대한 평론과 두 번째 시집 개정판의 해설을 쓴 것은 서로 가까웠기 때문만은 아니다. 나는 시인의 낯선 이미지, 불연속적 순간, 살을 에는 듯한 즉물적인 묘사에 끌렸다. 선명한 장면들이 언제나 신기했다. '어떻게 더 구체적일 수 있을까'라는 것이 나의 탐색의 지점이라면, 그리하여 구체적일 수 있는 방법을 고민한다면, 그는 그냥 구체적이다. 내가 더 나아갈 수 없을 정도로 선명하고자 한다면, 그는 시작부터 선명하다.

일곱 권의 시집을 통해 그가 부지불식간에 향했던 곳은 존재의 근원, 존재의 처소이다. 나는 지금 여기에 어떻게 존재하고 있는가, 라는 의문이다. 지금 현재의 모습은 기억 속의 모습만큼이나 낯선 것이고, 과거에서 현재로 연결을 할 수 없는 불가해성만이 남는다. 그의 시에는 시간과 공간의 임의성 속에 표상되는 자신의 모습을 이해할 수 없고, 자신의 출몰을 당황하여 바라보는 존재들이 나온다. 경험과 기억에 의해 해독되지 않는 존재들이다. 어딘가에 무심하게 꽂혀 있다가 언제든, 어떤 계기든 튕겨 나오는 그토록 날카로운 경험과 기억의 의미를 그 존재들은 결코 알 수 없으며, 언제나 그 파편을 붙들고 있을 뿐이다. 불확실한 편린과 불확실한 리듬만이 반복해서 도래한다.

나의 해설들을 다행히 그는 마음에 들어 했다. 우리는 서로의 작품에 대한 이야기를 허물없이 나누곤 했는데, 그는 나의 『횡단』과 『물류창고』가 좋다 했고, 나는 특히 그의 『내 귓속의 장대나무 숲』과 『햇빛 속에 호랑이』가 좋다 했다. 물론 『붉은 밭』은 말할 것도 없다. 그의 후기 시들은 상도 받고 주목도 많이 받았지만, 초기 시들은 눈길과 손길을 많이 타지 않은 시인의 출발점을 보여주는 것 같아서 마음에 와닿는다. 초기 시를 읽으면 내가 잘 모르는 시인이 나타나고, 그 시인을 발견하는 것 같고, 내밀한 고립과 불균형이 느껴지는 것이다. 그의 시가 갖는 전반적인 특성이기도 하지만 특히 초기 시는 이상하게 누그러지지도 익숙해지지도 않는다.

오랜 시간을 만나고 같이했지만 여행을 함께 간 것은 2019년 12월의 네팔 여행이 유일하다. 폰을 뒤져보니 2019년 9월 29일 "수명 혹시 네팔 시 축제 갈 의향 있어? 12월 말 그런데 비행기 값은 각자 부담 호텔과 먹는 것 등만 네팔 부담"이라는 특유의 간단명료한 문자가 있고 나 역시 "응 가요 언니 쫌 있다 전화할게요"라고 간단히 답한 것으로 되어 있다. 이렇게 해서 12월 23일부터 9일 동안 우리 외에 두 사람이 더 합류한 네팔 여행이 이루어졌다.

　카트만두에 도착했을 때의 밤 풍경, 어둠과 먼지가 짙게 내려앉은 거리로 그림자처럼 어두운 사람들이 희미하게 걸어가는 모습을 보며, 비포장도로를 한참 달려 도착한 숙소에서 소풍 온 것처럼 시작했던 날들이 지금 생각하면 꿈만 같다. 시 낭송과 토크 등의 공식 일정이나 행사를 주관했던 네팔 시인의 웅장한 저택을 방문한 일, 인도와 홍콩 등지에서 온 여러 시인들과 함께 나눈 담소와 토론도 인상적이었지만, 우리 일행이 돌아다닌 복잡한 거리들, 개와 원숭이로 발 디딜 틈 없던 공원, 조각과 불상과 건축으로 가득한 불교 유적지, 비틀비틀 끝없이 올라가 바라보던 차밭과 산, 무리를 지어 마당에 나와 앉아 햇볕을 쬐던 사람들에게 말을 건네던 시골 마을이 더 오래 남았다. 여행은 사람이야, 하면서 언니는 무엇보다도 동행의 기쁨을 우선시했다. 우리는 같이 먹고 마시고 대화하면서, 서로의 식견과 취향을 발견하고 공유하면서, 네팔을 함께 호흡하고 걸어 다녔다.

　나는 언니랑 거의 붙어 다녔는데, 특히 저녁 늦은 시간에 호텔 밖으로 나와 밤거리 야시장을 돌아다닌 일이 즐거웠다. 산더미처럼 쌓여 있는 캐시미어 머플러와 스웨터 들 속에서 언니는 단번에 베스트를 찾아냈다. 자신이 좋아하는 것 말고도 내게 잘 어울릴 것 같은 것을 건네주기도 했다. 언니는 네팔에서 함께 지낸 시인들 사이에서 내가 이름 붙여준 대로 캐시미어 전문가로 통했는데, 어느 날은 한 상점을 지나다가 느닷없이 그곳에 빼곡하게 걸려 있는 면제품 주름치마 중 하나를 내게 들이밀며 사라고 했다. 내가 망설였더니 그 자리에서 입어보라고 했다. 보기에는 긴가민가했는데 입어보니 웬걸, 마음에 쏙 들었다. 언니는 잘 어울린다고 좋아하며 자신도 같은 색깔의 디자인만 약간 다른 주름치마를 샀다. 그러더니 서울에서 같이 입고 만나자고 했다. 우리는 마주 보고 깔깔 웃었다.

네팔에서 돌아온 지 6개월 만에 언니가 병이 났다. 병실과 무균실을 오가는 입원 생활이 시작되었고 통화는 잦아졌다. 우리는 뜬금없는 옛날이야기를 하기도 했고, 내가 예전에 입원하고 수술하고 몹시 아팠던 이야기를 했을 때 언니는 그게 언제니 물었고, 그렇게 아프고 나서 어떻게 『횡단』을 썼니, 했다. 언니는 언제나 문학 생각뿐이었다. 병실에서 시집을 손질 중이어서 원고를 파일로 내게 보내주기도 하고 조언도 구했다. 제목과 표지를 놓고 메일이 오가기도 했다.

입원 생활이 그렇게 길어질 줄은 몰랐지만 그래도 희망을 놓은 적은 없었다. 언니는 무척 담담해서, (코로나로부터) 안전한 곳에서 푹 쉬고 나오라는 말에 그래, 했고 퇴원하면 한옥에서, 시골에서 살고 싶다며 자주 놀러 와야 된다고 했다. 제자나 후배들 걱정을 하는 것도 여전했다. 변함없이 열정적이어서 최근에 통화한 어느 건축가에 대해 이야기하거나 방금 알게 된 흥미로운 유튜브 채널을 알려주며 들어가보라 했다. 어느 날은 불현듯 그때 산 치마 입을 때인데 입어봤니, 묻기도 했다.

작년 6월에 아프기 시작한 이래, 언니는 몇 차례의 항암 치료와 골수이식 수술을 받았다. 항암 치료 받을 때 잠깐씩 퇴원해 집에 머무른 적이 있었다. 11월 23일로 기억한다. 교통방송에서 작가들이 자신의 작품을 낭송하고 짧은 멘트를 남기는 캠페인을 진행했는데, 이날 둘이 함께 녹음하기로 했다. 언니 집 앞에 도착해 차를 세우고 벨을 눌렀을 때 여느 때와 다름없는 모습으로 언니가 웃으며 나왔다. 표정과 말도 변함없었고, 안온하고 정갈한 집 안도 그대로였다. 언니 다 나은 것 같애, 이렇게 말했고 우리는 빵과 과일을 먹고 차를 마셨다. 테이블 위에는 지인들에게 부치느라 막 출간된 시집과 봉투가 높이 쌓여 있었다. 이러저러한 이야기를 나누며 나는 봉투 속에 시집을 넣고 밀봉했다. 시집에 사인된 사람 이름과 봉투의 이름을 확인하며 넣었다. 100권이 넘었다. 이 사람은 예전에는 보내지 않았는데 이번에는 보낸다, 라고 언니는 말하기도 했다. 내게도 시집을 주었다. 나의 사랑하는 수명 시인에게 2020.11.23. 최정례, 라고 씌어 있었다. 일어서기 전에 언니는 작은 봉투도 내밀었다. 열어보니 은은한 꽃과 나뭇잎 무늬가 있는 남색 양말이었다. 무엇보다 너무 예쁜 것이어서, 고개를 떨구고 말았다. 언니는 어깨가 아직도 아파? 하면서 일본에서 산 파스인데 좋다면서 그것도 함께 챙겨주었다.

양손에 시집 보따리를 들고 엘리베이터를 내려와 차에 올랐다. 우체국에 주차했을 때 내가 혼자 다녀올 테니 차에 있으라고 우겨도 언니는 한사코 따라 내렸다. 우체국은 약간 붐볐고 봉투에 요금 라벨을 함께 일

일이 붙였다. 우체국을 나와 방송국까지 차로 30여 분 걸렸다. 집에서처럼 차 안에서도 언니는 컨디션이 좋았고 정말 아픈 것 같지 않았고 아픈 것이 믿기지 않았다. 방송국에 들어서서 나 먼저 녹음했다. 언니가 녹음한 시는「국」이었다. "그런데 내 집은 어디에 있나/내 집에 돌아가면 무엇이 기다리고 있나/왜 여기 나와 헤매고 있나" 낭송하는 목소리를 녹음실 밖에서 들었다. 목소리가 약간 갈라져서 몇 번 다시 했는데 나는 그때 비로소 언니가 아프다는 실감을 했다. 목소리가 모아지지 않았다. 가슴속에서 무언가가 쿵 내려앉았다.

방송국을 나와 집으로 운전해 갈 때 언니는 옆에 앉아서 요리로 가고 저리로 차선 바꾸고 다음 출구로 빠져야 돼 하면서 카카오맵을 리드했다. 다감한 음성이 귀에 남았다. 아파트 현관에 내려주고, 차가 후진했다 빙 돌아서기까지 언니는 현관 쪽에 서서 나를 향해 손을 흔들고 있었다. 아프고 난 후로 이날 처음 하루 종일 같이 있었다. 마지막으로 본 날이었다.

코로나 때문에 병원은 면회가 되지 않았다. 나는 가보지를 못해서 병원 생활에 대해 물어보는 것이 고작이었다. 살짝 가볼 수 있냐고 물었는데 가족들도 보기가 쉽지 않다 해서 마음이 꺾였다. 언니는 입안이 헐어서 음식을 먹지 못한다고 했다가 회복은 되었는데 죽만 나와서 입맛이 통 없다고 했다. 그러더니 환우 중에 한 사람이 찰밥을 한 수저씩 나눠주어 먹었는데 맛있었다는 말을 했다.

연말에 그 이야기를 듣고 며칠이 지난 1월 첫 주 토요일이었다. 팥을 삶아서, 불린 서리태 콩과 차조를 함께 넣어 찰밥을 했다. 몇 시간 움직여 도시락을 쌌다. 날씨가 너무 차서 밥이 빨리 식을까 봐 도시락을 두꺼운 목도리로 둘둘 쌌다. 순천향 병원에 도착해 본관 1층 프런트에 도시락 가방을 맡기며 포스트잇에 833호 최정례라고 써서 붙였다. 언니에게 전화를 했다.

다음 날 새벽 6시 좀 넘어, 정성 가득한 따듯한 찰밥 눈물겹게 고맙다, 라는 문자가 왔다. 밥이 식었을 텐데 따뜻하다고 한 것은 언니가 내 마음을 읽었다는 뜻이다. 그리고 1주일 뒤 수명, 이라는 글자만 찍힌 문자가 도착했고 점만 찍히거나 빈 대화창들이 여러 개 뒤를 이었다. 무슨 말을 하려 했을까, 나는 걱정이 되어 전화를 했다. 잠깐의 섬망이 온 것 같았고 우리는 정말 긴

통화를 했다. 언니는 1인실로 옮긴 상태였다.

1월 18일 발인일이었다. 버스가 장례식장을 떠나 양재 화장터로 갔다가 경춘공원묘원으로 향했다. 서울은 눈이 별로 내리지 않았는데 버스가 경춘가도로 들어서니 눈이 많이 왔다. 창밖이 눈으로 뿌옇게 흐려서 잘 보이지 않더니 도착을 좀 남겨두고는 거의 한 치 앞도 보이지 않았다. 버스 안도 뿌연 기운으로 가득 찼다. 머리가 무거웠다. 불확실한 편린과 불확실한 리듬, 도래하는 것들, 나는 이렇게 창밖으로 흐린 눈을 보고 있는데, 언니는 어떻게 푸른 사과를 보았나. "내려서 푸른 사과에게 갈 수가 없었다/이상한 버스는 어디로 가는 것인지 왜 이렇게 돌아다니는지/푸른 사과에게 전할 수가 없었다".(「푸른 사과」) 분명 갈 수가 없다고 했는데, 언니는 이제 내려서 푸른 사과에게 간 것일까. (2021)

거의 숨결에 가까운

— 박상순 시인의 초상

10월의 어느 늦은 오후, 박상순 시인에 대한 에세이를 쓰다가 A4로 반 페이지 정도를 작성하고는 덮어두었다. 써야 할 분량은 그리 길지 않은 것이었지만 그와의 긴 시간의 주름을 단번에 펴서 쓸 수는 없다는 생각 때문이었다. 몇 번씩 노트북을 열었다 덮었다 하면서 서너 줄씩 쓰고 지나가는 식으로, 매번 다른 상태의 겹침과 비껴감으로 채워야 마땅할 것이었다. 그런데 며칠 만에 노트북을 열었더니 쓰다 만 파일이 감쪽같이 사라졌다. 저장은 거의 자동적인 습관 아닌가. 파일이 사라지는 건 처음 겪는 일이었다. 이렇게 저렇게 뒤지다가 결국 찾을 수 없다는 것을 알고 난 뒤에도 나는 많은 폴더들을 들락거렸다. 그리고 이런 생각을 했다. 나는 박상순 시인과의 오랜 만남에서 이렇게 무엇인가 놓치며 지내왔으리라는 것을.

시인을 처음 만난 것은 내가 등단한 다음 해인 1995년 여름이었다. 당시 대학로에 사무실이 있던 그를 모 시인의 안내로 찾아갔는데 우리 셋은 두어 시간 차를 마셨고 나는 그 자리에서 시인의 시「너 혼자」를 읽은 느낌을 말했다. 나로서는 등단한 이후 거의 처음 알게 된 시인이 그라 할 수 있는데, 그날 나눈 대화 이상으로 우리는 약속한 듯 서로에게 좋은 느낌을 가졌던 것 같다. 20여 년의 세월을 지나면서 첫 대화의 순간들을 가끔 얘기하기 때문이다. 이런 말은 너무 투박한 것이고 최근에야 한 것이지만, 사실 우리는 만난 순간부터 절친이요, 동지였다.

　　얼마 후 당시 이승훈 선생님이 만드시던《현대시사상》에 박상순 시인의 특집이 실리면서 내가 인터뷰어로 그와 이야기를 나누게 되었는데, 이때 시와 예술에 대한 그의 대담한 사유에 긴밀하게 다가서는 시간을 가졌다. 평상시에도 화집을 들쳐보는 것을 좋아하는 나는 대화를 맘껏 만끽했다. 멋대로 질문을 할 수 있어서, 그리고 또 그의 예술적 종횡무진을 나눌 수 있어서였다. 나는 시인이나 예술가에 대한 상像을 특별히 가지고 있지 않다. 그것은 존재하는 것이 아니라는 생각 때문이다. 하지만 그와 이야기를 나눌 때면, 그런 것이 예외적으로 존재한다는 생각이 들곤 한다. 아무나 가질 수 있는 것이 아니며, 그와 같이 처음부터 예술가인 사람에게서만 찾아볼 수 있는 것으로 말이다.

한두 번의 만남만으로 우리는 2인 시집을 내자는 이야기를 나누었다. 그나 나나 권유에 익숙지 않은 자들이라 어떻게 이런 얘기가 나왔는지 지금 생각하면 신기한데, 암튼 누가 먼저랄 것도 없이 꺼낸 그 이야기는 비록 실현되지는 못했지만 언제나 마음속에 남았다. 나는 평소 후회나 미련을 잘 갖지 않는 편임에도 이것이 90년대의 아쉬움으로 늘 자리했다. 한참의 시간이 지나서 어느 날 내가 이 아쉬움을 토로했을 때, 그는 우리가 그때 2인 시집을 이미 낸 것과 진배없다는 말로 나를 위로했다. 나는 그의 이러한 정밀한 통찰에 놀라는 데 익숙하다. 생각해보니 아쉬운 것이 아니라 그것으로 90년대를 채운 것이었으니까.

2000년대 들어 이러저러한 평문을 쓰기 시작했을 때 누구보다 박상순론을 쓸 기회가 많이 있었다. 아니 기회라기보다는 선택이었는데 시나 시론에 대한 생각들을 전개하고자 했을 때 그의 시는 언제나 중심이 되어 주었기 때문이다. 나는 90년대의 시란 무엇인가, 현대시란 무엇인가, 시에서의 주체와 탈주체란 무엇인가, 그리고 시가 시를 넘어서 비시로 개방되는 자유는 어떻게 가능한가, 등등의 얽히고설킨 사유를 그의 시와 더불어 진전시킬 수 있었다. 박상순론을 쓸 때 내 생각이 나타나는 기쁨을 맛보곤 했던 것이다. 나는 지금도 그의 첫 시집『6은 나무 7은 돌고래』를 읽었을 때의 싱싱한 생경함을 잊지 못한다. 첫 시부터 마지막 시까지 한 편 한 편이 나의 세포를 일으켜 세우던 순간이었다. 나는 그때 문학이란 매번 혁파되면서 새로 만들어지는 현장이지 연구물이 아니라는 확신을 얻었다. 그리고 몇 번의 박상순론을 쓰면서 그의 혁신이 단지 수사가 아니라 자유로운 이미지의 드로잉, 화법을 벗어난 말하기, 인물들의 극적 배치를 아우르는 다양한 구성 등에서 비롯됨을 알 수 있었다. 첫 시집의 파격을 지나서 이후『마라나, 포르노만화의 여주인공』『Love Adagio』에는 이러한 입체적 화법과 실험들이 거침없이 다양한 방향으로 뻗어나가고 있다. 그는 살아 있는 현대시 자체였던 것이다.

현대시 말이 나왔으니 말인데, 나는 지금도 현대

시는 좀 이상한 것이라 생각한다. 내가 시 창작 시간에 즐겨 다루는 그의 「빵공장으로 통하는 철도」나 「양 세 마리」「바빌로니아의 공중정원」같은 시들은 조금 많이 이상하다. 그 태연하게 엄폐된 고독, 아무도, 심지어는 시인 자신도 들어갈 수 없는 고독은 이상하지 않은가. 그것은 너무 가까운 곳에 있다. 나는 그의 시에 나오는 피 묻은 반바지를 입고 있는 소년이나 혼자 옆을 보고 있는 한 마리의 양이 너무 가까이 있어 나를 얼어붙게 한다고 생각한다. 그러니까 그의 시는 이상한 곳에, 너무 가까워 생각이 아직 오기 전에 있는 것이다. 나는 그런 것을 현대시라 생각한다. 현대시는 점령되지 않는 것이다. 그런 점에서 그의 시는 음성이라기보다는 거의 숨결에 가깝다.

한동안 그가 많은 일로 많이 바빴는데, 그래서 시를 오래 못 보았는데, 최근 들어 그의 시작은 활기를 띠고 있다. 발표작도 부쩍 늘었고 더 다양해졌다. 여기저기에서 그의 최신작들이 떠다닌다. 그의 「슬픈 감자 200그램」이나 「나의 거리에는 낙지」같은 작품들이 나오면서 수업 시간에 소개하는 것도 최근의 시들로 바뀌었다. 이 시들에는 그의 특유의 숨결이 느껴진다. 엄폐

된 고독도 무사하다. 물론 내가 충분히 띄엄띄엄 쫓아
가고 있으므로 너무 오래 기다린 네 번째 시집이 나와야
내가 또 무엇을 놓치고 있는지 알게 되겠지만 말이다.
(2016)

20세기를 배웅하며
– 신현림 시인에게

날이 많이 추워졌네요. 쌀쌀해질수록 실내의 아늑함이
더 소중하게만 느껴지지요. 햇살이 베란다를 통해 조
금씩 거실로 더 들어서는 것으로 보아 겨울이 깊어지고
있나 봅니다. 태양의 움직임에 가장 민감해지는 이맘
때의 여느 생물들처럼 나도 햇살의 크기와 각도에 따라
하루의 일들을 배열하곤 하지요.

지금 막 브루크너의 7번 교향곡이 2악장으로 넘어가
고 있군요. 다른 교향곡들과는 좀 다르게 2악장이 길고
중심적인 이 7번을 통해 처음 브루크너를 알게 되었는
데, 연주회에 가서 들을 때나 이렇게 혼자 듣고 있을 때
나 첫 만남의 어떤 지울 수 없는 날카로움을 2악장은 여
전히 지니고 있네요. 그것은 비통이지만 비통이라 하기
에는 너무 보편적인 어떤 힘을 느끼게 하는 것인데, 물

론 이 힘의 실체는 명확하지 않아요. 인생일 수도 있고, 인생의 보잘것없음일 수도 있고, 그러한 인류의 역사일 수도 있고, 아니면 저 혼자 회전하는 자연일 수도 있어요. 어찌 됐든 이 흘러가는 힘, 이 힘은 바닥에 이르는 침잠이 아니라 정상에 오른, 도달된 침잠을 느끼게 하지요. 저 아래에는 아직도 내가 있고, 오르려는, 혹은 내려가려는, 혹은 여러 빛깔에 둘러싸인 내가 있지요. 그것을 여기서 홀로 바라보는 시선이 2악장에는 있어요. 모든 음악은 이미 초월이라 생각하지만 브루크너는 겨울에 듣기 정말 좋군요.

음악과 시는 내게 참 다른 경험이네요. 시는 내게 초월할 수 없는 어떤 지점, 사물과의 열렬한 결합인 데 비해 음악은 항상 그것을 넘어서게 하는 무엇인가가 있어요. 그래서 시를 좋아하고, 그래서 음악을 좋아하지요. 그래서 날마다 회복될 수 있지요.

음악뿐만 아니라 세상에는 참 좋은 것이 많다는 생각을 해요. 상처받았을 때, 배려받지 못했을 때, 여전히 나는 낯선 존재이기만 할 때, 그것을 치료해줄 뿐만 아니라 나를 더 상승시키는 장치들이 많이 있어요. 사람들과 섞이느라, 그리고 때때로의 적의 앞에서 웃어야 하거나 자신을 해명하느라 지친 상태로 집에 돌아왔을 때, 어느 날이던가 EBS에서 위대한 20세기의 건축가들에 대한 특집을 해주는 것을 보았어요. 우리가 살아가고 있는 곳을 아름다운 공간으로 만들어나가기 위해 자신의 우주적인 상상력을 펼쳤던 20세기의 건축가들의 생애는 그날 하루의 고통뿐만이 아니라 나의 삼십여 년의 피로를 풀어주는 것만 같았어요. 위대한 예술들, 위대한 생애들, 우리 앞에 놓인 이 무수한 아름다움들이 우리를 구원해준다는 생각을 해요. 그래요. 아름다움이 우리를 구원해주지요.

그런 점에서 나는 종교는 가지고 있지 않지만, 엘리엇이 현대의 난제는 우리의 조상들이 믿던 것처럼 신과 인간에 관한 어떠한 것을 믿을 수 없다고 하는 점뿐만 아니라 조상들처럼 신과 인간에 대해서 느낄 수 없는 점이라고 한 말을 의미 있게 받아들여요. 사실 종교도 아름다운 것이고, 위대한 것이겠지요. 종교를 통해서 알 수 있는 신과 인간에 대한 어떤 것을 우리가 더 이상 느끼지 못하게 되었을 때 우리는 무엇을 잃은 것일까요?

엘리엇은 죽음을 두려워했지요. 존재의 죽음, 이

모든 아름다운 것들이 하나씩 사라져가는 것을 그는 염려했어요. 그리고 나는 이 지점, 엘리엇이 우려한 죽음과 맞서는 바로 이 지점이 예술이라고 생각해요. 죽음과 소멸을 거슬러 영원의 경지에 들어선 것이 예술이며, 예술 작품은 시대를 거치면서 계속 현존하지요. 나는 죽음과 맞선 이 아름다움이 우리를 구원해주며 우리는 우리를 구원해주는 것들로 인해 상승해나간다고 생각해요. 우리는 시로 인해, 우리와 함께 생존하는 조각품으로 인해, 아름다운 음악으로 인해 상승해나가지요. 그리고 우리가 상승한다는 것은 곧 세계가 상승하는 것이겠지요.

1999년도 얼마 남지 않았네요. 얼마 전 어느 곳에서 설문 조사를 했는데 20세기를 어떻게 생각하느냐 하는 것이었어요. 구체적인 항목이 다 기억은 나지 않는데, 양대 전쟁과 학살, 냉전과 이데올로기의 대립과 공산주의의 몰락을 위시하여 가족의 해체와 페미니즘의 성장 등등 열 가지가 넘는 것 중에서 나는 자유의 확장(정확하지는 않는데 이와 비슷한 것이었음)과 과학의 발달을 택했어요. 많은 시도와 실험을 거쳐, 또 많은 잘못을 거쳐, 20세기는 보다 많은 사람들이 조금이라도 더 그들의 자유와 권리의 영역을 확장해나갔던 험난한 시기였으며, 직접적으로는 아니더라도 과학은 많은 부분 이를 도왔고 또 많은 것을 변화시켰다는 생각이 들었기 때문이었어요. 한쪽에서는 과학의 폐해를 이야기하기도 하지만, 과학이 일정 부분 우리를 해방시켜주었을 뿐만 아니라 과학의 위험을 알려주는 것도 역시 과학이라는 것을 생각해보면 인간은 과학에서 많은 것을 배우고 깨닫는다는 것을 놓칠 수가 없을 것 같네요.

아무튼 20세기를 긍정하는 것이 내게는 중요했는데, 왜냐하면 결국 인생이란 긍정을 배우는 것이라고 생각하기 때문이에요. 나에 대한 긍정, 타인에 대한 긍정, 시대와 역사에 대한 긍정. 이 긍정은 배워야 하지요. 긍정 속에 부정은 있는 것이니까요. 며칠 남지 않은 이 한 해가 아름답게 저물길 바랍니다. (1999)

위배의 시학

- 유홍준 시인에게

며칠 동안 비가 아주 많이 내렸습니다. 잠을 깨어 폭우에 귀를 기울이기도 하였습니다. 땅이 떠내려갈 듯이 쏟아지는 그 소리에 홀려 있다 보면 이 세상이 커다란 웅덩이를 만들고, 스스로 그 속으로 휩쓸려가는 것이 아닌가 하는 생각이 들기도 했습니다. 굵고 세찬 빗줄기가 되어 거대한 웅덩이를, 허공을, 마음속에 만드는 것, 이것이 그동안 제가 해왔던 일인 것 같습니다. 저는 이 허공 주위를 맴돌고 있습니다.

　바그너의 〈로엔그린〉 1막 전주곡을 듣고 있습니다. 이 아름다운 곡은 어떤 바위를, 대지를, 명명할 수 없는 우주의 한 획을 무한히 휩쓸고 도는 물살을 떠올리게 합니다. 물살은 점점 커지고 거세져 폭풍우가 일어나지만 폭풍우는 자신이 휩쓸고 나아간 것의 정체를 이해하지 못한 채 사라지고, 물살은 그 폭풍우와 무관하게 다시 자신의 영원한 운동을 시작하는 듯이 보입니다. 그것이 존재의 회귀이고, 존재의 지속이고, 존재의 확장이라면, 존재의 확장은 자신이 그 주위를 돌고 있는 우주의 한 획이 되기까지 지속됩니다. 그것은 그러나 끝없는 역류의 다른 이름입니다. 폭풍우 속에서 보이지 않게 물살은 역류하고 있었고, 다시 순환이 이루어지고 있는 것입니다. 물살은 다시 무한히 휩쓸고 돕니다. 바그너의 이 곡은 끝나지 않는 구조를 가지고 있습니다. 그곳도 비가 많이 내렸는지요? 내린 비가 모두 증발하기 전에 또 비가 왔는지요?

편지 잘 받았습니다. 제 시에 보내주신 관심과 애정에 깊이 감사드립니다. 제 시에 대한 탐문(?)을 받다 보니 시를 쓴다는 것이 무엇인지 새삼 생각에 잠기게 되었고, 이 평생에 걸친 탐구 대상이 눈앞의 현실처럼 목도된 느낌이었습니다. 시는 어떠한 종류의 체험일까? 어떠한 인식의 기록일까? 혹은 인식이 아닌 다른 차원의 수공업적인 질서일까?

벌써 오래전이었나 봅니다. 집 안의 창문을 모두 활짝 열어놓고 청소를 하고 있는데, 무언가 예기치 못한 커다란 소리가 들려 달려가보니 참새가 방 안에 들어와 있었습니다. 참새는 책꽂이로 둘러싸여 있는 방 안을 빙빙 돌더니 날카롭게 울음소리를 내고는 서둘러 창밖으로 날아가버렸습니다. 길을 잃고 엉뚱한 곳에 흘러 들었다는 생각에 저도 몹시 놀란 듯하였습니다. 참새가 날아가고 난 후 그 생경한 울음소리가 한동안 귓가에 남았던 것 같습니다.

이 낯선 대면은 이전에 밖에서 보았던 것과는 달리 참새가 매우 커다란 새이고 그 울음소리도 대단하다는 생각을 하게 했습니다. 무엇보다도 참새가 자신의 침입에, 자신의 존재의 노출에 놀라는 것이 인상적이었습니다. 그는 서둘러 나가버렸으니까요. 시도 그렇지 않을까요? 스스로 놀라지 않는다면 시는 단순한, 원치 않는 침략자일 수 있습니다. 그러므로 시의 침입은 이렇게 스스로를 놀라게 한다는 의미에서 세계에 대한 침입 이전에 자신에 대한 침입이 되는 것입니다.

자신에 대한 침입, 제 생각에 바로 이것이 시를 쓰는 행위를 설명해줄 수 있을 것 같습니다. 왜 자신에 대한 침입이어야 할까? 그것은 한마디로 말해 시의 화살은 하나이기 때문입니다. 시는 인식의 문제와는 다릅니다. 니체는 만일 우리가 거울 그것 자체의 관찰을 꾀하면 우리는 결국 거울에 비친 물物 이외의 아무것도 발견 못하며, 만약 우리가 물物을 파악하려고 하면 우리는 결국 거울 이외의 어떠한 것에도 도달하지 않는다고 했습니다. 인식의 두 방향을 역설한 이것은 실은 같은 이야기이겠지요. 인식은 비추고, 비추이는 상호 관계를 통해서만, 주체는 타자성에 근거해서만 성립한다는 것입니다.

이에 비하면 시는 단번에 날아가 꽂히는 화살이라 할 수 있습니다. 그리고 날아가 꽂히는 순간, 그 대상은 타자가 아니겠지요.

비가 내리면서 멀리 산을 타고 내려온 안개가 도시를 뒤덮고 있네요. 도시가 안개 속으로 모두 녹아버린 같습니다. 사물들이 날카롭게 경계하고, 분리와 단절이 뚜렷한 시점도 좋지만, 이렇게 융합, 용해, 동화한 풍경도 나쁘지 않습니다. 전자에서는 경의를 읽을 수 있고, 나중 것에서는 침묵을 볼 수 있으니까요.

사물들과 항해를 하는 일은 제게 퍽 시간이 많이 걸리는 일입니다. 순식간에 써 내려간 시도, 결정적인 순간이 오기까지는 오랜 혼미함 속에 갇혀 있어야 합니다. 자신을 바라보는 정신이 쇠잔해지기를 기다리는 사물들은 물론 저보다 훨씬 긴 여름을 건너고 있습니다. 그들은 언제나 아주 멀리서 왔다는 느낌을 줍니다. 제가 그 사물들과 하나가 되는 것은 그들의 입장에서는 아주 잠깐에 불과하지요.

'사과'에 대한 이야기를 하셨는데, 사과는 제게 보통명사이고, 고유명사이며, 대명사라고 할 수 있습니다. 시에서 사물은 개체성을 잃어도 안되지만, (소위 대문자로서의) 대명사로 탈각되지 않으면 안 되는 운명이니까요. 하지만 모든 사물은 그 고유성 속에서만 자신의 대명사로서의 운명을 자각하는 것이라고 봅니다. 그런 의미에서 마주친 동안 사과는 자신이 열릴 수 있는 가지의 가장 끝까지 나아가는 실험을 감행할 수 있습니다. 어떤 경우에는 가지 정도가 아니라, 사과나무가 보이지 않는 곳에서도 사과는 열립니다. 그것은 어떤 위배이겠지요.

이 위배가 일어나는 곳이 바로 시가 있을 곳이라고 생각합니다. 위배하는 것만으로는 역사를 넘지 못하지만, 위배함으로써만 넘어서기 때문입니다. 육안으로는 찾아볼 수 없는 이 아슬아슬한 차이의 한쪽 편에서 사과는 향기를 풍깁니다. 사과는 이미 넘어서 있고, 그 향기로 세계는 더 아름다워졌습니다.

 잠시 빗소리에 넋을 잃었습니다. 글을 쓰는 동안 비가 더욱 거세졌습니다. 이 빗소리, 천지를 채우는 비의 신성한 의식에 동참하는 글이 된 것 같습니다. 모쪼록 보내주신 편지에 정성이 담긴 답장이 되었으면 하는 바람입니다. (2001)

영혼 없이도 얼마나 즐거운지
– 서동욱 시인에게

지난가을에 보내주신 시집을 잘 받았다는 말씀을 해가지나 드리게 되었네요. 시집 잘 읽었습니다. 평소 선생님의 글을 즐겨 읽는 독자의 한 사람으로서 오랜만에 내신 시집이 많이 반가웠습니다. 한동안 제 가방 속에 담겨 이리저리 이동했었지요.

우주가 무엇일까, 그런 생각을 했습니다. 선생님이 우주 이야기를 하시는 것은 어떤 자리일까, 왜 우주인가 하는 것이었는데, 그것은 물론 인간이 지금 무엇일까에 대한 착상에 걸려 있는 것이겠지요. 인간은 무엇으로 유통되고 있는가. 생각해보면 우주와 인간이라는 장치는 "꿈을 잃어버리는 법"(「슈퍼맨의 비애」)에 접속해 들어가기 위한 초기 화면이어서, 이 장면을 그냥 건너뛸 수는 없는 노릇이겠지요.

"우주를 배회하면"(「외계인 애인」) 인간 존재는 무엇을 만날까요. 이 대목에서 선생님은 아무것도 만나지 못한다고 이야기하시는 듯하군요. 어쩌면 우주적 판타지 속에서 고교 시절의 첫사랑을 만나기도 하지만(「우주전쟁 중에 첫사랑」) 그것은 어떤 희원에 가깝고, 기본적으로 "그를 울게 만든 사람과 지금 방금 옷깃이 스친 줄도 모르고 무심히 지나쳐 길을 건넌다"(「우주는 째깍거리고 별들은 톱니를 맞춘다」)는 것이지요. 하지만 왜 인간은 '무심히' 지나치는 존재일까요? 여기서의 '무심히'를 이렇게 들여다봅니다. "인간은 애초에 영혼이 없"(「주점의 문을 밀며」)는 존재인 것으로 말입니다. 그렇군요. 영혼이 없으니 우리는 알아보지 못하고 무심히 지나치며, 결국 만남이 없음은 자명한 것일 터입니다. 그러고 보니 시집에서 '유심한 만남'을 찾아보기가 힘들군요. 만남의 상황들이 부지런히 피었다 지기는 하지만 말입니다.

시집에서 선생님은 여러 번 영혼이 없음을, 영혼이란 현상의 소멸을 목도하고 계시는 것을 느낄 수 있었습니다. 「마음도 영혼도 없이, 때로 예쁜 인형같이」서식

하는 인간들은 '인공 자궁', '플라스틱 장바구니', '광물과 화학과/타액으로 이루어진/이 유물론적 수정 구슬'(「연애편지」) 같은 것들과 함께 있군요. "시는 플라스틱"(「비광 또는 이하의 마지막 날들」)이 되어버렸지요. 영혼이 없다는 것은 개인이 남아 있지 않다는 뜻으로 보입니다. 그렇지요. 인간은 이미 점령된 영토이지요. 하고 싶어도 인간에 대해 누설할 수도 없게 되어버렸고요. 인간이란 무엇인가를 이야기할 때 우리는 점령군에 대한 이야기로 이동할 수밖에 없지 않습니까? 영혼이 사라진 후 인간은 지배적인 정신으로 가득 차게 되었으니까요. 이제 인간은 그 내용물을 제대로 담아내지 못하는 불편한 용기쯤으로 여겨질 법한 일입니다.

무엇보다도 제가 이 대목에서 주목한 것은 선생님의 시에서 영혼이 없고, 그리고 우주가 나타난다는 점이었습니다. 우주가 인간과 함께하는 것이 아니라 인간의 소멸과 함께한다는 것, 이것이 문제적인 것이지요. 영혼이 없는데 우주는 발생하고 있었던 것입니다. 여기서 최초의 질문으로 돌아가려 합니다. 우주가 무엇일까요, 하는 것이지요. 저는 선생님의 시에서 그것을 "인간이 없는 형식"(「괴로왕」)으로 읽어봅니다. 인간적 계기들이 탈각되는 것이 우주라는 것이고요. 우주의 배치가 전경화되는 까닭이 여기에 있는 듯합니다. 그리고 그렇다면 우주는 인간의 부재의 징후여서, 인간이 자신의 계기들을 소환하려 하거나 추적하는 장소가 될 것입니다. 이 추적의 드라마는 얼핏 상당히 쓸쓸하게 보이기도 합니다. 애인들은 희귀종이 된 지구인이거나 인어공주이거나 외계인이니까요. 무심히 지나치는 존재들이겠지요.

하지만 제가 선생님 시에서 재미있게 읽은 것은 이 영혼 부재의 우주 안에서의 어떤 쓸쓸한 희원이 아니라 그와는 다른 시선입니다.

> 오래된 사진을 발견한 듯
> 햇빛이
> 물끄러미
> 벗겨진 가면을 바라본다
> ―「임종의 한순간」 부분

'인간이 없는 형식', '벗겨진 가면', 이러한 우주의 모습은 그 자체로 생기가 있습니다. 광물과 화학과 타액, 지방脂肪으로 구성되어 있는 우주는 인간의 규모와 상상을 유념치 않는 물질의 운동과 파장으로 존재하겠지요. 물론 아무렇지도 않게, 벗겨진 가면을 다시 뒤집어 쓸 필요도 없을 것 같습니다. 영혼이 없는 것은 영혼이 없다는 사실 외의 아무것도 무마할 필요가 없으니까요.

그러므로 우주 전쟁에 가만히 들어서봅니다. 영혼의 재귀나 조우를 쫓지 않고, 영혼을 이루지 않는 물질들의 전신이 전쟁을 벌이는 소동의 현장이지요. 이 현장을 그냥 감각하는 것이 저의 가담의 방식이어서, "영혼 없이도 얼마나 즐거운지!"(「연애편지」) 조금 알 것도 같습니다.

얼굴을 얼리는 추위가 계속되고 있습니다. 낮에 외출했는데 시동이 잘 걸리지 않았어요. 빙하기가 오는 것 아니냐는 농담들을 들었습니다. 어느 곳에나 도사리고 있는, 새로워지는 견고함들을 흔드는 글, 많이 투척해 주십시오. 즐거운 기다림을 전합니다. (2010)

4부

시간을 간직하는 체험

일상에서

사물로 태어나는 꿈

반복 설정을 해놓고 바흐의 평균율을 들을 때가 있다. 어김없이 나는 특별한 순간을 가지게 된다. 시간을 간직하는 체험이다. 어떤 음악은, 예컨대 말러의 음악은, 그 중에서도 특히 몇 개의 교향곡은 공간의 이동과 시간의 확산을 가져 온다. 그리고 무한히 확산하는 것으로 보이기만 하던 시간이 그 확산 속에서 어느새 타들어가는 것을 지켜보게 한다. 나를 영원하게도, 늙어버리게도 하는 시간이 꺼져 들어가는 것을 바라보는 일은 막막함 자체다. 파도가 무인도에 나를 데려다놓고 멀어져가는 것 같다.

이에 비해 평균율은 못에 비친 가지와 잎들이 물속에서 흘러가는 듯 보여도, 흘러가버리지 않고 언제까지나 나무라는 근원에 몸을 맡긴 채 물 위에 떠노는 느낌을 준다. 흘러가버리지 않는다는 것은 실은 인간이 경험하기 힘든 경지다. 우리는 시간의 산물이기 때문이다. 어떤 우연에 가담하지 않아도 미세하게 삶의 형태와 위치는 변모한다. 깨닫지 못할 뿐이다. 고인 물이 썩는다고 할 때, 이 썩음은, 흘러가버리는 것이 아니고 무엇이겠는가?

그래서인지 평균율의 체험은 시들지 않는다. 그것은 내가 나뭇잎처럼, 어떤 근원의 애정에 속한 채, 떠놀게 하기 때문이다. 이때 나는 시간을 간직하고 있다고 느낀다. 시간의 간직은 시간의 정지와 다르다. 간직은 흘러가버리지 않되, 정지처럼 죽은 것이 아니다. 살아있고, 윤이 나며, 동시에 정적인 세계다.

인간과 사물은 시간을 달리 체험한다. 인간은 시간을 간직할 줄 모른다. 간직할 줄 모르기에 그 순간으로 돌아갈 수가 없다. 지치도록 썰매놀이를 하던 즐거웠던 어렸을 때로, 타인에게 최초의 고백을 하고 또 같은 것을 돌려받던 그 순간으로 돌아갈 수가 없다. 가보려고 하여도 그 순간이 매번 다른 각도에 있거나, 아니면 아예 달라져 있거나 한다. 더구나 방문할 때마다 흔적을 남기고 오기에 다음번에는 더 찾기가 힘들다.

이에 비하여 사물은, 사물의 일생은 시간을 간직함으로써 존재한다. 시간에 포위되거나 시간에 휩쓸리는 것이 아니라, 시간을 머금고 있는 것이다. 그들은 정지해 있지만 호흡하고 살아 있다. 자신의 호흡을 의식하지 못하는 가장 편안한 호흡을 하면서, 형태나 무게, 밀도를 포옹한 자세로 살아 있다. 나이 따위는 먹지 않는다. 연륜이란 얼마나 불필요한 관용인가.

시간을 간직하고 있는 사물들은 항상 가장 빛나는 순간에 존재한다. 어느 곳에서도, 그 무엇으로도 빛나는 것이 그들의 인생이며, 순간순간 그들은 수줍고 행복하다. 봉투 속으로 들어가려고 하는, 혹은 봉투에서 나오려고 하는, 혹은 급하게 서둘러 꽂혔지만 아주 오래 이 미완의 상태가 지속되는 편지는 수줍다. 수줍어하면서도 보내지 못한 편지이든, 받은 편지이든, 어떤 한 순간에서 부드럽게 유영하는 그 자태에는 행복이 실려 있다. 이 편지가 결국 열려서 읽히게 될지는 편지 자신도 관심이 없어 보인다. 열리지 못한다 한들, 또 열렸지만 그 내용이 미납 요금에 대한 재촉을 한 것이라 한들 편지의 육체가, 그 영혼의 형식이 동요하겠는가.

둥글면서도 견고한 의장을 하고 있는 핸드백은 뛰

어난 착지 순간의 체조 선수처럼 우아한 자태를 하고 있다. 착지의 순간은 완성의 순간이다. 이 순간을 조각하기 위해 체조 선수는 살아왔다. 체조 선수는 이 자세로 자신이 얼마나 있었는지 알지 못한다. 완성에 머물러 있는 것은 어떤 것일까? 핸드백에게 가장 편안한 이 상태에서 핸드백은 순간과 영원을 함께 살고 있다. 짓고 허물고를 되풀이하는 인간의 삶과는 사뭇 다른 것이다.

핸드백은 오늘 외출을 하려고 하지 않는데 여행 가방은 여행의 준비를 모두 마쳤다. 넥타이와 양말과 필요한 옷가지가 정돈되고, 기다림과 설렘과 가벼운 흥분까지 정돈된 상태, 모든 것이 마무리된 순간의 고요함과 평화, 이것은 실제 길을 떠나는 여행과는 다른 것이다. 새로운 질서를 몸 안에 체현한 여행 가방의 빛나는 순간은 이후의 번잡한 여행의 여로에 의해서도 흩어지지 않는다. 시간을 간직하고 있기 때문이다.

화병에 꽂힌 꽃은 마르고 시들어가지만 화병은 시들지 않는다. 시간에 포위되어 있는 꽃을 품고 화병은 무슨 생각에 잠겨 있을까? 꽃의 열기, 꽃의 탐구, 꽃의 한숨을 담아내면서, 그 수런거림에 물들지 않고, 꽃에 대한 지식이나 연민으로 자신을 높이지도 않고, 무한정 이렇게 꽃의 모든 것을 담고 있는 상태가 지속되는 듯이 그윽하게 서서 무슨 생각에 잠겨 있을까? 내가 읽을 수 있는 것은 다만 화병의 수줍음이다. 수줍음은 광채를 띤다. 광채만은 화병도 가릴 수 없는 것이다.

이보다는 좀 더 소박하게, 뚜껑이 벗겨지는 상자는 세계에 대한 자신의 신뢰를 최초로 내보이고 있다. 그것은 감출 일도 드러낼 일도 아니지만 어느 순간 포착된 것이다. 이 순간은 아마 상자의 인생에서 가장 사소한 순간일 것이다. 하지만 이 짧은 사소한 순간에도 상자는 자신의 부피와 용도를, 자신에 대한 가장 커다란 존중을 잊지 않고 있다.

그리고 이것은 그릇에 오면 행복한 마침표가 된다. 그릇은 하나의 커다란 점이다. 그 점은 우주를 쉬게 한다. 휴식과 양식으로써 그의 존재는 불 밝혀진다. 무엇이 담기든 양식이 되는 그 상징은 그러나 자신을 우러를 비의로 존재하지 않는다. 그릇은 일상의 현실을 결코 떠나본 적이 없다. 언제까지나 단지 그릇으로 우리 앞에 놓여 있다. 그릇은 그릇되는 법이 없다.

집 안에 있는 사물들이 먼지를 뒤집어썼다가 닦이는, 이곳에 놓여 있다가 저곳으로 옮겨지는 순환은 사물들 특유의 유머 감각을 낳는다. 쌓여 있는 책 중의 한 권을 빼낼 때 근처의 책들이 우르르 넘어지는 거라든지, 닦아놓은 유리창이 안개나 성에를 번갈아 불러들이다가 그것에 싫증나면 두부 장수의 딸랑거리는 소리에 춤을 춘다든지, 내가 전화를 걸거나 받을 때마다 빙빙 몸을 꼬는 전화줄은 얼마나 장난기가 넘치는가?

성훈이가 태어난 지 세 달이 지나게 되었을 때 나는 아이가 사물에 관심을 갖는 것을 흥미롭게 지켜보았다. 시계나 CD나 책들을 물끄러미 바라보고 좋아하며 웃을 때, 아이가 사물들의 신비로움과 관계 맺기를 시작하는 것에 나까지 설레었다. 그리고 사물들의 무늬에 반응을 하여 주변에 놓인 물건들의 문양에 몰두한다든지, 업힌 등에서도 고개를 뒤로 빼고 내 티셔츠의 무늬를 탐구하는 모습은 인상적이었다. 세계의 양식을 이해하려는 아이의 태도는 자못 진지했다. 무늬는 사물이 완성되어 있는 아름다운 증표임을 아이는 알고 있는 것일까?

마그리트는 그의 '꿈의 열쇠'라는 그림에서 계란을 아카시아로, 구두를 달로, 모자를 눈으로, 촛불을 천장으로, 컵을 뇌우로, 망치를 사막으로, 여섯 개의 사물에 각각 재미있는 이름을 붙였다. 사물들끼리의 소통은 명쾌하고 감각적이고 자발적이고 광범위하다. 그들은 순식간에 우리가 예기치 못하는 다른 대상으로 전환된다. 교환 가치가 같기 때문이다. 시간을 간직하고 있다는 점에서 사물들은 공통분모를 갖고 있으며, 이것은 사물들 간의 소통과 전이라는 독특한 그들만의 문화를 만들어낸다. 그 세계는 아름답고 환상적이다. 비록 우리가 읽어내기 힘들지만 그 세계는 우리 옆에 있다.

나는 물건을 자주 바꾸는 세련된 사람이 아니다. 예를 들면 나는 시를 쓸 때 샤프로 쓰고, 마음에 들지 않는 부분은 지우개로 지우는데, 샤프와 지우개 모두 오래된 것들이다. 샤프는 10년은 된 것 같다. 잃어버리기 전에는 특별한 불편이 없는 한 물건을 버리지 않는다. 때로 청소년기에 신던 운동화라든가, 유행이 몇 번은 바뀌도록 초연하게 나와 함께한 안경테라든가 그런 것들이 생각난다. 그 이미지, 분위기, 함께한 세월 같은 것이 선연히 나의 일부가 되어 지나온 한때를 되돌려주곤 하는 것이다.

　　나는 물건으로써 나를 기억해낸다. 더불어 물건과 함께 내 곁을 스치고 지나간 사람들을 회상한다. 돌아가신 아버지가 마지막으로 입고 계시던 털 조끼, 그것은 고등학생이던 내가 짜 드린 것이었다. 유품을 정리할 때 우연히 남겨진, 주인을 잃은 털 조끼가 색깔도 바래지 않은 채 오래도록 장롱의 서랍 한구석에 웅크리고 있던 모습, 아버지의 부재를 나는 그것으로써 실감했다. 그리고 털 조끼를 볼 때마다 털 조끼가 시간이라는 것을, 시간을 간직하고 있는 존재라는 것을 몸서리치도록 깨닫곤 했다.

평균율은 내가 사물로 태어나는 꿈을 꾸게 한다. 나는 누군가가 잃어버린 휴대용 라디오, 우산, 편지, 메모, 모자 같은 사물이다. 나는 시간의 현현이다. 나는 그를 뚫어지게 응시한다. 그렇지만 그는 무엇을 어디에 잃었는지 알지 못하는 채 나를 스쳐 지나간다. (2001)

까끼또자 빠떼빠떼 사다모미

우리가 최초로 말과 글을 배우는 순간은 어떠한 순간 이었을까? 언어와 문자의 세계로 편입되면서 우리는 무엇을 잃어버렸고, 또 무엇을 얻었을까? 아이가 점점 어휘 구사와 표현력이 풍부해지고 글자에 관심을 보이기 시작하는 것을 신비한 느낌으로 바라보면서 나는 여러 생각이 들곤 했다. 처음에 아이가 사물들의 이름을 익히고 입에 올렸을 때 그 발음은 물론 정확하지 않았다. 특히 아이가 우유를 '아꼬', 달을 '까', 2를 '에재', 4를 '하', 10을 '떼', 다섯을 '아꿍', 이게 뭐야를 "오예?", 끝났지를 '꼬와까찌' 등으로 희한하게 발음했던 일이 지금도 기억에 남는다. 한번은 슈퍼에 아이를 데리고 갔을 때 내가 다른 것을 고르고 있는 동안 아이가 "아꼬! 아꼬!" 하고 외쳐서 주인이 "아꼬가 뭐야?"하고 어리둥절해했다. 나는 흔히 유아식 발음이라고 이야기하는 외국어 같기만 한 이러한 말들을 많이 사랑했다. 아이는 점차 이러한 말들을 버리고 제대로 발음하기 시작했지만, 나는 사물을 향해 아이의 입에서 최초로 흘러나온 이 말들이 태초의 언어인 양 소중하게만 느껴졌다. 사회적인 언어에 의해 명확하게 내쫓기기 이전의 어떤 미분화된, 비밀스런, 창조적인 순간이 그 말들 속에 숨어 있는 듯이 보였던 것이다.

생각해보면 언어라는 것은 우리가 진입해야 하는 질서의 세계이면서, 반드시 그 대가를 요구하는 측면이 있다. 언어에 의한 명명이 사물을 고정시키고 더 이상 사물의 생명력을 보지 못하게 하는 것이다. 나는 아이가 '까끼또자 빠떼빠떼 사다모미' 하면서 아무도 알 수 없는 노래를 혼자 흥얼거리던 모습이 눈에 선하다. 작사, 작곡, 편곡에 노래까지 즉흥으로 보여주던 어린 날의 이 창조적인 모습은 나중에 다 어디로 가는 것일까? 아마도 언어를 유창하게 부리게 되면서 이 특별한 능력은 사라지는 것이리라.

그래서인지는 모르지만 또래의 아이들에 비해 우리 아이가 말이 좀 늦은 것을 나는 그다지 걱정하지 않았다. 남자아이는 여자아이에 비해 무엇이든 늦는 편이라는 이야기를 듣기도 했거니와, 무엇보다 언어 이전의 그 비밀스런 세계에 잠시 더 머무는 것이 결코 우려할 일은 아니라는 생각에서였다. 하지만 아이는 내 생각보다는 훨씬 빨리 그 세계를 벗어났고, 지금은 어른들이 주의를 주거나 해야 할 말을 선수 쳐서 먼저 하기까지 한다. 예를 들면 의자나 좀 높은 곳에 올라서면서 미리 "떨어져, 조심해!" 하고 외치는 것이다.

나는 글자에 대해서도 말과 비슷한 생각을 한다. 아이가 글을 빨리 깨쳐야 한다는 생각을 결코 하지 않는다. 아이 쪽에서 "이거 뭐야?" 하고 물어볼 때만 대답을 해주지, 앉혀놓고 가르칠 계획은 없다. 글이란 학교에 들어갈 때쯤 알면 되지, 하고 능청을 부리는 편이다. 하지만 우리를 둘러싸고 있는 환경은 이런 나를 비웃는다. 눈만 뜨면 TV 광고나 거리의 간판들이 아이의 눈으로 달려드는 형국이다. 아이는 날마다 "이거 뭐야?"를 통해 벌써 많은 알파벳과 자음, 모음을 알고 있다. 새로운 지식에 신나 하며 거침없이 앞으로만 내딛는 것이다. 하기야 자신의 말을 이해하지 못하는 어른들이 오죽이나 답답했으면 아이는 어른들의 언어와 문자의 세계로 건너오는 것을 이렇게 서둘렀을까? (2003)

산을 보여주는 것

작년 봄에 지금 살고 있는 집으로 이사를 했다. 구립 도서관과 전철이 가까이에 있는 것이 마음에 들었지만, 그보다 나를 이곳으로 이끌었던 것은 아파트를 내려다보듯이 지척에 서 있는 봉화산이라는 존재였다. 물론 나는 자연에 대한 남다른 경외심을 갖지도 않았고, 자주 산을 찾을 만큼 부지런하지도 못했다. 다만 산 덕분에 조용하고 공기가 좋으면 그 이상 바랄 것이 없어 마음을 정했던 것이다. 이사를 앞두고 집수리를 하고, 또 이사하자마자 둘째를 갖는 바람에 이런저런 게으름과 핑계가 겹쳐 작년에는 산을 한 번도 찾지 못했다. 그저 설거지를 하다가, 커피물을 끓이다가, 베란다 창을 통해 낙엽이 지는 모습과 눈 내리는 풍경을 잠깐씩 멍하니 바라보는 것이 고작이었다.

언제 한번 가봐야지 벼르기만 하던 산을 드디어

오르게 된 것은 올봄이 되어서였다. 그날은 네 살 된 큰아이가 아침 먹고 TV 앞에서 뒹구는 것을 보다 못해 무작정 옷 입혀 산을 올랐다. 집에서 보는 것보다 산은 훨씬 좋았다. 빼곡히 들어선 나무는 눈부신 태양을 가려주었고, 등산로는 경사도 적절해서 아이 손을 잡았다 놓았다 하며 오를 수 있었다. 아이도 생각만큼 힘들어하지 않고, "이게 뭐야?" 하면서 나무 이름을 잘 모르는 나를 쩔쩔매게 하며 즐거워했다.

얼마쯤 오르다가 나는 오십대 가량의 아주머니가 팔순은 되 보이는 할머니를 업고 산을 오르는 광경을 보게 되었다. 아주머니는 우리 아이를 보고 "아가가 산을 잘 오르네" 하며 인사까지 건넸다. 낯선 사람의 다정함에 아이는 내 뒤로 물러서서 "안녕하세요" 했다. 나는 다른 사람들처럼 그 두 여인을 지나쳐 앞질러 갔다. 그리고 조금 더 가다가 운동 기구가 늘어서 있는 곳에서 잠시 쉰 다음 아이가 힘들어하는 것 같아 그만 내려가기로 했다.

얼마 내려가지 않아 나는 저만치 떨어져 있는 나무 그늘에서 그 두 여인이 쉬면서 이야기하고 있는 것을 보았다. 그들은 어떤 관계일까. 모녀 혹은 고부? 일가친

척? 아무 관계도 없고 그저 이 세상을 살다가 우연히 마음을 나누게 된 사람들? 무슨 관계이든 간에 산을 오를 수 없는 사람을 업고 올라와 산을 보여주는 것, 이것은 인생의 선물이 아닐 수 없다. 나는 업혀 온 할머니의 눈으로 새삼 산의 정경을 둘러보면서 산을 느낄 수 있음에 감사했다. 나 역시 누군가에 의해 업혀 온 것처럼 그 누군가에게 한없는 고마움을 전하면서. (2003)

고모의 이름

고모가 돌아가셨다. 더없이 환하고 맑은 가을날이었다. 소풍 가기 좋은 날이었고, 소풍 갔다가 홀로 일행에서 떨어져 보기도 좋은 날이었다. 세상과 작별 인사를 하기 위해 고모는 이렇게 아름다운 날을 고르셨다.

아버지가 돌아가신 지 20년 만이었다. 우리 형제들은 아버지보다 열다섯이나 연세가 위이신 고모를 각별히 따랐다. 물론 그것은 고모가 우리들에게 쏟아주신 한량없는 애정과 격려에 비하면 보잘것없는 것이었지만 말이다. 고모가 들려주시는 아버지의 어릴 적 이야기, 글을 잘 쓰셨던 할머니와 엄격한 할아버지의 이야기는 듣고 또 들어도 다시 듣고 싶은 것이었다. 나는 그중에서 특히, 어린아이였던 아버지를 두고 세상을 일찍 뜨신 단정하고 지식이 높으셨던 할머니의 이야기를 들을 때면 꿈꾸듯 몽상에 잠기곤 했다. 고모는 할머니

이야기를 가장 뜨거운 어조에 담곤 하셨는데, 당신의 어머님을 그토록 빛나는 존재로 품고 계셨고, 그리워하셨다. 이제는 사랑하는 사람들 곁으로 가신 것이다.

고모는 돌아가시기 전 한 달 정도 일산의 한 병원에 계셨다. 고모를 뵈러 갔을 때, 사실 나는 그때 처음으로 고모의 이름을 알았다. 정신을 자주 놓으시며 간혹 가늘게 눈을 뜨시고 둘러보시던 주변 사람들, 그들의 할머니이시고, 엄마와 어머니이시며, 또 형님이신 고모의 이름은, 여든다섯의 연세를 살아오시는 동안 굴곡 많았던 인생의 모든 것을 담기에는 너무나도 고운 것이어서 나는 차라리 막막했다. 한 달간을 일인실 병실 앞에 걸려 있었고 내가 처음 그 존재를 인식하게 된 고모의 이름은 이영이었다. 아마 고모의 이름이 그렇게 독자적인 공간과 시간의 위치를 점하고 그 아름다움을 뿜낸 것은 이번이 처음이고 또 마지막이었을 것이다. 그 낯설고 부드러운, 티없이 맑고 우주적인, 거의 자연에 가까운 이름은 그동안 숨겨져 있던 고모 인생의 보석처럼 반짝였고, 내가 고모와 새로운 만남을 맺는 느낌마저 안겨주었다.

장례식 날이었다. 무자비하게 고모를 땅에 묻으며

모두들 눈물을 흘리던 그날은 하늘에서 땅까지 햇살이 따뜻한 길이 되어 내려왔고, 그 따스함이 무겁게 웅크린 어깨들을 어루만져주었다. 자신을 향한 그 여러 사람들의 그리워하고 사무치는 마음들을 뒤에 두고 고모는 아주 긴 휴식, 영원과 자유의 길을 떠나시는 참이었다. 닿을 수 없는 세계, 아무도 알 수 없는 세계, 인간이 미치지 못하는 세계로 가시면서 고모는 그 절대 침묵의 세계와 하나가 되는 것이지만, 나는 위엄 있는 음성, 따뜻하게 맞추어주시던 시선, 소리는 없지만 활짝 열어주시던 커다란 웃음이 눈에 선해 가슴이 미어졌다. 아마 죽음도 이렇게 특수하고 구체적인, 생생한 고모의 모습은 가져가지 못할 것이다. 이영이라는 이름을 이 세상에서 가져가지 못하듯이. (2004)

시소 위에 앉기

지금 살고 있는 집으로 이사 온 후 그 느낌이 보다 또렷해졌다. 그것은 감각의 기묘함인데 이를테면 공간에 대한 것이 그러하다. 결혼한 이후 지금의 주거지가 다섯 번째인데 모든 주거지들에 대한 감각, 심리적 거리가 거의 같다. 순서상의 전후는 말할 것도 없고 분명 집의 위치와 크기, 분위기가 모두 다르고, 더군다나 아이들이 터울을 두고 둘이나 태어나면서 각 집에 소장되어 있는 애환이 크게 편차가 있음에도 불구하고 말이다. 다섯 집들에 대한 기억의 명암이나 농도가 많이 다르지 않은 것이다. 손잡이의 느낌, 거실 바닥의 무늬, 낡은 문지방들, 창으로 흘러 들어오던 무거운 바람들이 비슷한 기억의 감도로 떠오른다. 재미있는 것은 세 번째 집에서 6년을 살았고, 네 번째 집에서 한 달밖에 살지 않았는데, 두 집의 구체성, 그 안에서의 일상의 느낌이, 지금 눈앞에 떠오르는 선명도가 비슷하다는 것이다. 공간의 차이뿐 아니라 시간의 길이라는 것도 기억에는 별 역할을 하지 못하는 모양이다.

생각해보면 시간이라는 것도 애매하기 이를 데 없어 보인다. 어제는 아주 먼 과거와 동일하게 아득하다. 조금도 지금에 가깝지 않다. 어제를 꺼내려면 까마득한 심연이라도 뒤져야 한다. 그리고 이런 무차별성이 급기야 지금 이 순간까지 집어삼키고 있다는 것을 자주 느낀다. 그렇지 않고서야 현재라는 것이 이렇게 아득할까. 현재 역시 오래된 과거처럼 멀고 실감이 잘 나지 않는다. 현재도 과거와 마찬가지로 상기와 호명을 통해서만 감각의 지평 위로 떠오르는 것이다.

물론 어떤 것을 기억한다는 것은 매우 복잡한 문제이며 기억의 팽창과 수축은 예측할 수 없는 곳에서 은밀히 작동한다는 것을 부정하는 것은 아니다. 하지만 내가 신비하게 여기는 것은 기억의 이러한 특수성이 아니다. 기억을 포함하여 공간과 시간의 차이들을 지워나가는 알 수 없는 어떤 균형이 문제다. 공간적, 시간적으로 상이한 경험들이 비슷하게 흩어지는 모래알들이 되도록 하는 보이지 않는 힘 말이다. 무엇일까. 무엇이 있기에, 혹은 없기에, 모두 평등해지는 것일까. 모두 약속이나 한 듯이 어떤 소실점으로 돌아가는 것일까. 혹은 소실점 그 자체인 걸까. 그리고 이 무시무시한 균형에 저항하는 것은 사소한 장난에 지나지 않는 걸까.

글을 쓰는 일이 날마다 하나의 단순한 차이를 만들어내는 일이라는 것을 알고 있지만 그 차이들마저 실은, 차이들로 인해 잠깐 가볍거나 무거워지다가 다시 균형을 회복하게 되는 시소의 운동 같은 것이어서, 그 운동 속으로 통째로 곤두박질치고 있다는 생각에 사로잡히곤 한다. 오늘 내가 만난 사람, 억누른 감정, 예기치 않은 비약, 지속되는 꿈 같은 것들이 모두 균형이라는 거대한 시소를 위해 비슷비슷하게 기능했듯이 말이다. 시소에 저항하는 듯이 보이는 것도 시소에 공헌하는 것이 되는 운명에서, 글도 예외는 아니지 않을까 하는 생각이 드는 것이다. 글이라는 것도 결국 시소 위에 앉는 것이라면?

시소는 무엇도 지향하지 않는 균형 바로 그것이다. 물론 질서가 아니다. 질서에는, 그것이 비록 신의 질서라 할지라도 혼돈을 제압하는 피로와 불가항력 같은 것이 들어 있다. 그보다는 시소는 기계적인, 단순한 균형이요, 균형을 위한 힘이다. 그것은 파괴이자 구원이다. 그리고 똑같은 이유로 구원이자 파괴이다. 나는 한 편의 시가 태어나자마자, 혹은 태어나면서부터 이 가혹한 몰락의 길을 걷는 것을 이제는 보다 확연히 느낀다. 시의 출현은 선언이지만, 출현 자체는 이토록 스스로를 완화하는 것이다. 시는 출현을 통해 비슷해졌다. 우세한 시라는 것은 없다. 다만, 아주 잠시, 그 시가 꿈꾸었을 차이가 떠도는 것뿐이다. (2010)

주저함의 자유

당연한 이야기지만 사람은 언제나 변하는 것 같다. 돌이켜보건대, 나는 젊은 시절에는 선택에 어려움을 별로 느끼지 못했을 정도로 잘 모르는 채 확고하고, 고집이 센 편에 속했다. 나는 후회하지 않는다는 자만에 잘 빠졌더랬다. 하지만 지금은, 사실을 이야기하자면 날마다 망설인다. 선택을 해야 할 때가 오면 갑자기 머리가 아득해지고, 상황이 중요할수록 선택해야 할 내용도 확연하게 구별이 가지 않을 뿐만 아니라, 이것이나 저것이나 어차피 마찬가지라는 이상한 공황 상태에 빠진다. 그래서 아무 생각을 하지 않고 있다가, 결정해야 할 순간의 정황에 편리하게 맡겨버리곤 한다. 이와 같이 말이 안 되는 자포자기의 이면에는 생각을 해서 판단하는 것이 그렇지 않은 경우보다 더 나을 것이 없다는 것, 혹은 아무리 생각을 해도 마지막에는 아무렇지도 않게 그 생각이 바뀌곤 한다는 나름대로의 체험 논리가 작용하고 있다. 한마디로 지혜로워진다는 것의 불가능을 깨달아버린 것이다. 이러한 이유로 확신이나 판단에 약해지고, 의견이나 주장에 기대었을 때의 강인함이 사라짐을 느끼곤 한다. 이제 나는 주저한다. 주저한다는 것, 이것이 나이를 먹어갈수록 겪는 삶의 소회이다. 그리고 이 부분에서 김구용 시인의 "문학이 무엇인가를 알고 싶기보다는 주저하는 편이었"다는 말을 떠올려본다.

앎에 주저한다는 것은 앎에 대한 맹신에서 벗어나고 앎의 일률성을 따르지 않는 것을 말할 것이다. 단적으로 말해 앎의 우월성에 동조하지 않는 것이다. 세상의 많은 책들은, 아니 대부분의 책들은 정확하고 확신에 찬 앎의 문자로 구성되어 있다. 철학이나 의학, 과학, 법률 등은 물론이고, 하다못해 건축학이나 복지학, 투자 전략에 이르기까지 대부분의 지식들은 다른 지식에 의해 뒤집히기 전까지는 엄정하고 정연한 진리로 존재하는 듯이 보인다. 이것이 가상의 질서임에도 불구하고 그 권위는 확고하기 이를 데 없어서 모든 판단은 의심 없이 이에 의지하는 것으로 되어 있다. 진리와 지혜의 담보로 여겨진다는 점에서 이러한 책들은 모두 한 방향에 있는 것이다.

여기서 유일하게 예외성을 갖는 것이 있다면 문학이라 생각된다. 문학은 앎의 절대성과는 다른 어떤 것이다. 그것은 진리의 대열에서 빠져나온, 다소 수상한 것이다. 문학은 우리가 지혜로울 것을 설파하기보다는 오히려 우리가 올바르지 않은 존재임을 받아들이게 해준다. 사실 우리의 전 인생은 오류와 방황으로 이루어져 있다. 우리는 지혜롭지 않으며, 또 올바름에 지쳐 있다. 우리를 올바르게 조직하기 위해 전 인생을 쓰기 때문이다. 문학은 이러한 궂은 노력과 윤리보다 근본적인 것이다. 그 속에는 항상 풀리지 않는 문제들이 있고, 잘못 푸는 인간군들이 있다. 또는 인생이라는 것이 해결을 위한 열쇠를 애초에 갖고 있지 않다는 것을 보여준다. 정답을 갖고 있는 많은 책들과 달리 삶에는 답이 없음을 이야기함으로써, 우리가 어떠한 길을 가든 손가락질하지 않는 것이 문학이다. 문학은 뛰어난 삶과 보잘것없는 삶을 차별하지 않는다. 반대로 뛰어난 삶도 보잘것없는 실수와 좌절에 넘어지는 것을 응시한다. 그리고 이렇게 넘어지고 잘못되고 하는 것이 인생이고, 인간이라고 말해주는 듯하다.

앎에의 주저함은 곧 판단의 중지이다. 인식이 무기가 되는 것은 판단을 하기 때문이다. 그러므로 문학이 앎과 판단의 무기를 들지 않는 것은 대단히 이색적인 행보라 할 수 있다. 나는 나의 주저함을 꾸짖지 않고 이해해주는 문학이 고맙다. 김구용이 문학에 대한 인식의 주저함을 고백하는 것에는 문학은 앎의 주저함을 추인하고 격려하는 것이라는 의미가 내포되어 있다. 문학은 다른 어떠한 것들과 달리 앎 쪽으로 나아가려 하지 않는다. 주저함을 되레 포용하고 있기 때문이다. 문학은 주저함을 잘못이라고 보지 않고, 잘못을 주저하지 않는다. 그리고 우리가 흔히 글을 좋아하고 책을 좋아한다고 말할 때, 이때의 글이란 바로 이처럼, 인식으로 우리를 조직하려 하기보다는 인식에 주저함으로써 맛보게 되는 자유를 문학이 마련해주기 때문이 아닐까? (2011)

예술은 아랑곳없이

올해 초등학교 6학년이 되는 큰아들이 작곡을 시작한 건 작년 초였다. 처음엔 어쩌나 봐야지 하는 호기심에, 그리고 뭐 나쁜 건 아니니까, 하고 다분히 방관자연하며, 한번 해볼래 한 것이었다. 아이는 어렵고 딱딱한 이론 책을 지루해하며 좀 보더니 곧 날아갈 것 같은 음표들을 오선지에 그려대며 이른바 곡이란 것을 만들어 댔다. 'My Sky'라는 첫 곡이 만들어진 작년 여름만 해도 나는 덜컥, 얘가 진짜 작곡가가 되면 어떡하지? 하고 혼자 허황된 근심을 하다가, 아이가 장난 반 재미 반으로 그러는 것이 게임하는 것보단 나으니까, 하는 심사로 곧 평정을 되찾곤 했다.

그렇게 해서 'Picnic', 'Blue Hat', 'Orange House', 'Memorize' 같은 곡들이 만들어졌다. 아이가 맘에 안 드는 부분을 지우개로 날려버릴 때마다 나는 옆에서,

지우지는 말고 다른 페이지에 해라, 지워진 동기가 언제든 다시 살아날 수가 있는 것이니 어쩌구 하면서 괜히 참견을 했다가, 그것들은 쓰레기에요, 하는 핀잔이나 듣기 일쑤였다. 그리고 아이가 한 곡을 떠올렸다가도 그 곡을 끝내기보다는 이내 다른 곡을 불러들이거나 두 곡을 대결시켰기 때문에, 그러다가 심사가 뒤틀리면 둘 다 청산해버렸기 때문에, 나는 바닥에 떨어진 종잇조각들을 집어 들고 이걸 버려야 하나, 어디에 끼워두어야 하나 하고 문외한의 고민을 만끽하기도 했다.

그러다가 어느 날 저녁 아이가 아무 생각도 나지 않아요, 너무 힘들어요, 할 때는 갑자기 가슴이 서늘해졌다. 생각이 나지 않을 때는 하지 마, 그냥 놀아, 라고 했다가, 처음부터 생각이 나지는 않아, 대개는 생각이 나지 않다가 나는 거야 하고 바꿔 말했다. 아이는 한동안 풀이 죽어 있더니 나중에 몇 마디를 쓰고 잠들었다. 나는 그 몇 마디를 한참 들여다보았다. 예술이란 무엇일까. 어떤 갈증이기에 이 어린아이로 하여금 가장 고도의 추상과 가장 긴요한 감정의 날카로운 조응을 맛보고야 말게 한 것일까 생각하면서.

다음 날 둘이 산책을 나갔다. 아이가 먼저 공원을

가고 싶다고 했다. 걸으면서 나는 지나가는 사람들의 높고 낮은 목소리, 차량들이 내는 여러 가지 다양한 소리, 새들의 지저귀는 소리들을 계이름으로 바꿔보라고 했다. 아이는 재밌어 하면서 그 소리들을 되는 대로 음악의 언어로 치환했다. 그래, 거리에서, 이런 것들을 써 보면 어떠니, 아니면 스쳐 지나가는 것들, 이런 건 어때, 가장 가까이 있는 것들을 짧게 스케치해봐, 아주 조금밖에는 할 수 없는 게 예술일 거야, 했지만 아이는 들었는지 어땠는지 별 반응이 없었다.

쌀쌀한 기운이 감도는 공원의 벤치에 앉아 아이는 노트를 꺼내 끄적거렸다. 나는 조금 거리를 두고 떨어져서 서성거렸다. 처음에는 약간의 감상에 젖었던 것 같다. 글을 쓴답시고 노트를 끼고 혼자 배회하고 다니던 나의 어린 시절이 떠올랐던 것이다. 그러다가 조금씩 어린 시절의 어떤 느낌들이 되살아났다. 당시 나는 자못 고독했고, 심각했다. 홀로 한 줄 두 줄 적어 내려가며 돌아다니는 동안 모든 게 너무나 막막했고, 마치 심연을 들여다본 것 같았다. 그래서인지 아들의 모습을 보고 있자니 갑자기 울컥하고, 무언가 뜨거운 게 올라왔다. 하지만 이 예상치 못한 고통이 무언지 정확히 알기는 불가능했다. 마치 숨겨왔던 어떤 황홀한 현장 같기도 하고, 예술이라는 부질없는 반복에 대한 현기증 같은 것이기도 했다. 또 한편으로 내 안에서 도사리고 있는 그 많은 그림자들 중의 하나가 실체가 되어 튀어나온 것처럼 여겨지기도 하면서 도대체 뭐가 뭔지 혼란스러웠다. 나는 천천히 아이 주변을 걸어다녔다. 아이는 나의 이 산만하고 낡아빠진 관념의 포위에 아랑곳없이 너무나 천진하게 새로운 음표들을 날리고 있었다.

(2012)

마음을 남기는 일

언제부터인지 정확하게는 알 수 없는데 지금 살고 있는 단지로 이사 오고 난 후니까 5년은 족히 되는 것 같다. 월, 수, 금요일 밤 10시가 되면 단지 입구에 과일 판매 트럭이 선다. 트럭이 오는 즉시 순식간에 사람들이 몰려들어 트럭을 에워싼다. 1톤 트럭 가득 실려 있던 과일 상자가 내려지고 한 시간 반이면 동이 난다. 비가 많이 오는 날이나 날씨가 특별히 이상하지 않는 한 예외 없이 벌어지는 일이다.

이 과일아저씨의 판매 전략은 무척 단순한 것이다. 우선 차가 서는 즉시 가지고 온 과일들을 시식할 수 있게 종류별로 자르거나 껍질을 깎아놓는다. 둘러서 있는 사람들의 손이 일제히 과일로 향하는 즉석 과일파티가 열린다. 모두들 한마디씩 한다. "잘 익었네요" "달아요" "이거 얼마에요" 등등이 쏟아져 나온다. 아저씨가 손이 커서 한두 쪽만 먹어도 포만감이 생기게 크게도 잘라놓는다. 수박이나 멜론같이 덩치가 있는 과일의 경우에도 그 자리에서 두어 통 나가기가 예사다. 사람들은 이것저것 맛있게 먹고 나서 한두 상자씩 과일을 산다. 대개 마트나 시장 가격의 절반 정도다. 뿐만 아니다. 이 아저씨의 판매의 에센스는 덤이다. 좀 못나고 작고 흠이 있어 상품 가치가 없는 파과들을 한 아름씩 안긴다. 그리고 "맛있게 드세요" 인사까지 잊지 않는다.

어디서 이런 사람이 세상에 나타났을까. 채소가 싸져도 과일 값은 항상 오르고, 먹고 싶은 과일은 대개 비싼데, 이 아저씨 덕분에 사시사철 온갖 종류의 과일을 부담 없이 사 먹을 수 있게 되었으니 말이다. 오랜 인연 덕분인지 아저씨 머리가 특히 비상해선지 자주 사가는 고객들의 기호와 소비량까지 훤히 꿰뚫는 통에 맞춤형 서비스로도 일품이다. 주변 단지의 경비 아저씨들이나 노점상 하시는 분들에게는 팔다 좀 남은 과일은 그냥 품으로 안겨드린다. 그는 절대로 사러 오는 사람을 두리번거리며 기다리지 않는다. 몰려든 사람에게만 판매하고 남으면 주변에 주고 바로 자리에서 뜬다.

언젠가 정리 시간 무렵에 내가 거의 마지막으로 산

적이 있다. 둘째 아들이 골드키위와 한라봉, 멜론을 특히 좋아하는 것을 아는 아저씨는 이런 것들을 내게 잘 쥐여주곤 했다. 그 변함없는 호의에 "이렇게 팔아도 남는 것이 있어요?" 하고 쓸데없는 질문을 던졌더니, 이런 대답이 돌아왔다. "손해 보는 장사라는 건 없어요. 사는 사람은 싸게 사 가서 좋고, 파는 사람은 한 시간 반만 빨리 팔아 좋고, 그리고 서로 반가워하며 덕담을 주고받으니 항상 남는 장사지요"

그 자리에서 알아들은 것 같았지만 사실은 '남는 장사'라는 것이 '마음이 남는 거로구나' 하는 데 생각이 미쳤을 때에야 그 말을 다 이해했다는 생각이 들었다. 볼 때 반가워하고, 돌아서서 고마운 마음이 드는 것, 이런 장사도 있다는 게 신기했다. 가족이나 특별한 친분이 있는 사람이 아닌 다음에야 이런 경우는 정말 흔치 않은 일이었다. 아니 가족도 언제나 이렇지는 않은 것이다.

마음을 남기면 만사 형통일 텐데, 세상에 그것이 그렇게 어려운 일인데, 저렇게 날마다 쉽게(?) 하는 사람도 있는 것이다. 쉬운 일도 어려워하는 나에게는 부러운 일이다. 아니, 정말 부러운 것은 매번 그 마음을 한

바탕의 축제 속에 남긴다는 것이었다. 가고 싶은 사람은 누구나 가서 맘껏 즐기는 축제 말이다. (2014)

사과

지금까지 살아오면서 얼마나 많은 사과를 먹었을까.

쌀을 사듯이 정기적으로 사과를 산다. 열흘에 한 번 쌀 4kg을 사듯이, 사과를 반 박스, 혹은 한 판을 산다. 배를 사러 갔다가, 자몽을 사러 갔다가, 키위를 사러 갔다가, "이 사과는 어디 사과예요? 얼마예요?" 하고 묻고 만다. 다른 과일들은 냉장고 속에 있음을 위주로 생각하는데, 사과는 없음으로 인지된다. '참, 사과가 떨어졌지…' 이런 식이다.

아침에 눈을 뜨면 물 한 잔을 먹고 사과 반쪽을 먹고 하루를 시작한다. 잠이 덜 깬 육체에 사과의 차가움, 사과의 단단함, 사과의 달콤함을 투여한다. 그러면 육체는 매번 사과의 진지함에 놀라고 다시 하루가 시작되었음을 받아들인다. 그렇군, 어쩔 수 없지, 깨어나야 하는 것이다. 사과에 의해 깨어난 몸은 다시 모이고 작동하고 느끼기 시작한다.

사과에 대한 최초의 강렬한 기억은 중학교 2학년 때 일이다. 나보다 책을 많이 읽고, 당시 내 눈에는 데미안처럼 보인 반 친구가 어느 날 아파서 결석했다. 서로를 의식하기만 하던 그 친구를 찾아갔던 것은 내 인생의 몇 안 되는 용기의 표출이었다. 나는 병문안에 어울리지도 않게 무턱대고 사과를 사 가지고 갔다. 독감으로 친구는 혼자 누워 있었고 부모님들은 장사를 하러 나가신 상태였다. 나는 그냥 아무것도 모르면서 가져간 사과로 차를 끓였다. 사과 향이 퍼지던 집 안, 주전자에서 물 끓는 소리, 한참을 그 낯선 공간에 서 있던 느낌, 그런 것들이 지금도 생생하다. 친구와는 중학시절 내내 특별했는데, 고등학교 들어서면서 연락이 끊어졌다. 친구보다 사과가 더 특별했나 보다. 이후 나의 양식이 되었다.

성인이 되어서는 사과의 주기로 1년을 생각하는 버릇

이 들었다. 늦여름 8월 하순, 아직은 더위가 한창일 때 조생종인 아오리가 얼굴을 내밀기 시작한다. 시장 귀퉁이에서 초록빛 아오리를 보면 해마다 그렇게 반가울 수가 없다. 바로 한 봉지 사와서 한 해의 첫 사과를 음미한다. 한 줄기 새벽 여명의 맛이다. 그렇게 몇 번 아오리를 사들고 귀가하다 보면 얼마 안 가, 그 초록빛을 밀어내며 붉은색 사과들이 들이닥치기 시작한다. 바로 홍로나 홍옥, 양광, 시나노 스위트 들이다. 골목과 거리들은 이 불타오르는 사과들로 채워진다. 9월에서 11월에 이르는 기간은 온갖 고혹적이고 맹렬한 사과 때문에 현기증이 일어나기까지 한다. 홍옥의 거의 악마적인 붉은색이나 시나노의 뇌를 얼얼하게 만드는 깊고 치명적인 단맛은 장렬하기만 하다. 또한 그들과는 다른 매력으로 겨울에 먹는 찬 부사는 언제나 생의 염결성을 떠올리게 한다. 그렇다. 신맛과 단맛의 배율과 치밀도가 만들어내는 사과의 세계가 무궁무진하다는 사실에 매번 감동하느라 생활은 지루할 틈이 없다.

사과에 대한 시를 몇 번 썼지만, 아직도 사과에의 현혹을 보여주기에는 미흡한 것들이다. 그중 「사과나무」라는 시가 있다. "어제를 살해한 오늘의 태양처럼 빛나고 향기나는 사과들, 사과는 사과나무를 불태운다. 사과나무는 아름답다"로 맺음하는 이 시가 그닥 나쁘지는 않은데, 어쩐지 오늘은 좀 슬프게만 느껴진다. 내가 사과에 슬픔을 곁들인 것이 아니다. 너무 아름다운 것은 슬픔을 감추려 하지 않나 보다. (2015)

정오에게

빛이 있는 동안 좀 움직여야겠다고 생각한다. 거리를 쏘다니고 그러다가 거리의 아무 벤치에나 털썩 주저앉아야겠다. 정오까지 살아 있다고 느낀다. 무얼 메우기도 하고, 무언지 모르는 것을 외우기도 한다. 무얼 사기도 한다. 이거 얼마예요, 머리핀이나 손수건이나 물병 같은 것을 사서 돌아다닌다. 빛이 비추는 동안 반짝거리는 것들, 1년을 하루에 압축해놓은 듯한 시간들, 정오에 기념 촬영을 한다. 내가 어떤 품목이 될 수 있는 시간이다. 정오는 숨을 쉬지 않고 생각하지 않고 물끄러미 나를 느낀다. 아직은 괜찮다. 나도 생각이 없는 동안에는. 나는 태연하다.

빛이 있는 동안 쓸 수 있다. 빛이 정오를 지나 구부러지기 전에 약간 쓸 수 있다. 빛이 내 머리 위에 켜져 있는 정오에 무언가 쓸 수 있다. 빛이 있는 동안 빛을 상상

할 수 있다. 빛이 있는 동안 정오는 나를 느낀다. 정오에는 월요일 화요일 금요일이 생긴다. 작은 도깨비들이 생긴다. 도깨비들이 지붕 위에 내려앉는다. 대꾸 없는 동네가 여기저기 생긴다. 동네를 따라 보람 없는 날이다. 보람 없는 글을 쓴다. 정오에는 보람 없는 글들이 뭉쳐 있다. 나는 아무것도 그리지 못하고 정오를 그리기로 마음먹는다. 종이를 들고 정오를 향해 흔든다. 그러면 종이들이 구겨지고, 구겨지는 소리를 낸다. 구겨지는 것은 괜찮다. 구겨지는 것은 빈말이고 빈말은 구겨진다. 정오는 빈말이다. 빛이 있는 동안 종이를 계속 흔든다. 이 흉내낼 수 없는 소리들이 나를 슬프게 더럽힌다. 나는 정오에 오랜만에 겁을 먹고 눈물을 흘린다. 정오에 서명을 한다. 원고를 보낸다. (2015)

깃털

최근 들어 자주 그런다. 자주 그것을 느낀다.
아주 작은 미세한 깃털이 나를 돌아다닌다.

어디를 돌아다니냐고? 처음엔 잘 몰랐다. 목이나 등에
붙은 줄 알았다. 그러나 손을 뻗어 집어보려 해도 거울
에 비춰보아도 없었다. 보이지는 않는데 느껴졌다. 나
는 점차로 그 느낌에 집중하게 되었고 결국 그것이 내
안에 있다는 것을 알게 되었다. 안에서 나를 간질이고
있었다.

　　이상한 느낌이었다. 예고도 없이 깃털은 움직였
다. 설거지를 할 때, 텅 빈 집에서 커피 잔을 들고 창밖
을 향할 때, 써야 할 원고 더미를 바라볼 때 갑자기 깃털
이 움직이면서 멍해지고 울렁거렸다. 가슴이 미어지기
도 했다. 한가할 때나 바쁠 때나 가리지 않는 것을 보면

깃털은 눈이 없는 것 같았다. 그토록 작은 것이 오르내리며 몸속을 훑어내는 것이었다.

몇 번을 겪고 난 후 나는 문득 터무니없는 생각을 했다. 이를테면 깃털은 작지만 무척 세다는 것이었다. 어느 날 나는 서 있다가 갑자기 의자 위에 풀썩 주저앉았는데, 어찌된 영문인지 깃털이 나를 쓰러뜨렸다고 생각하게 되었다. 그것이 나를 밑에서부터 흔들고 있음을 감지한 것이다. 물론 깃털은 너무나 작고 가벼운 것이어서 나를 밀어뜨렸을 리가 없다. 그러나 바로 그렇기 때문에, 그렇게 미약한 것이기에, 나를 쓰러뜨릴 수 있는 것이라 여겨지기도 했다.

또한 깃털이 울고 있다고 생각한 적도 있었다. 깃털이 어떻게 우는지를 모르겠는데, 그래서 그런지 이 상황이 내 머릿속에서 전도되었다. 깃털이 우는 것이 아니라 울음이 깃털이라고 말이다. 울음이 가벼운 깃털처럼 나를 돌아다닌다고 여긴 것이다. 하지만 울음이란 무겁고 젖어 있는 것일 텐데, 왜 이런 생각을 했을까. 마른 울음이란 무얼까. 젖지 않는 울음. 깃털처럼 가볍게 떠다니는 울음. 잡을 수 없는 울음. 나는 다시 온몸이 간지러웠다.

나는 깃털의 존재를 의식하며 생활하게 되었다. 특별히 이것이 불편하지는 않았는데 영향이 전혀 없다고 할 수도 없었다. 간혹 사람들과 대화를 하거나, 더 중요하게는 공적인 발표 혹은 논쟁을 할 때, 아니면 그냥 사소하게 장을 보며 물건 값을 계산할 때, 깃털이 움직일 때가 있었다. 그러면 내 목소리는 불현듯 떨리거나 힘을 잃었다. 무슨 말을 하고 있었는지 놓쳐버리고 가슴이 미어졌다. 왜 그런지 모르지만 무조건 슬펐다. 지난주에는 처음으로 깃털이 밖으로 삐져나오려 한다는 형용할 수 없는 느낌이 오기까지 했다. 이건 정말 기이한 일인데, 나는 어찌해야 할지 몰랐다. 나오는 것을 막아야 하는 건지, 아니면 밖으로 아예 나가버리게 도와줘야 하는 건지 안절부절못했다. 어느 쪽이든 내가 그렇게 할 수 있는 것인지도 알 수 없었다.

그런데 이러지도 저러지도 못하는 가운데 깃털이 움직임을 멈추었다. 언제 존재했었냐는 듯이 문득 사라졌다. 다시 안으로 스며든 건지, 밖으로 나간 건지 어느 쪽인지 추리하지도 못했다. 그렇게 잠잠해졌다. 가볍고 짧은 혼절 뒤에 나는 다시 평온해졌다. 이상한 것은 깃털이 움직일 때도 그렇지만 움직임을 멈출 때도 예상할 수 없다는 것이었다. 언제 깃털이 살아나고 가라앉는지, 무엇 때문에 출몰하는지, 왜 내 몸이어야 하는지 누구에게 물어볼 수도 없었다. 단지 때때로, 나는 휘청거렸다.

그렇게 나는 깃털과 함께, 깃털의 행로를 모르고 지냈다. 오늘은 모처럼 밖으로 산책을 나갔다. 햇살이 등에 내려왔다. 사람들이 지나갔다. 붉은 옷 푸른 옷을 입은 사람들, 검은 머리나 흰 머리의 사람들, 그들은 무턱대고 살아 있는 몸을 내밀고 걷고 있었다. 나는 그들과 함께 거대하고 무의미한 행렬에 떠밀려 다녔다. 배회했다. 오늘의 광합성을 하면서 허공에서 몸을 펴고 앞사람을 따라갔다. 한 바퀴 돌았다. 동네를 돌고, 실개천을 돌고, 사람들을 돌아 한 계절을 돌았다.

도는 동안 무언가가 계속해서 내게 닿았다. 스며들었다. 공기의 느낌, 사람들, 순간들, 숨을 죽이고 있는 공간, 어떤 횡단보도, 떠올랐다가 스러지는 많은 소음들이 나와 섞였다. 섞여서 서서히 형체를 알아볼 수 없게 되었다. 이름을 붙일 수도 없었다. 그것들이 나이고 내가 그것들이었다. 조금 더 걸으니 그것들이 내 안에서 지워지고 흩어져가는 것 같았다. 어쩌면 예전에 사

라진 것들이 내게 들어와 다시 사라져버리는 것 같기도
했다. 나는 얼핏 내게 들어온 것들에게, 내게서 떠나가
는 것들에게 어떤 말을 해야 할 것 같았다. 그리하여 사
라지고 잊혀지는 것들에게, 잊히지 않고 돌아와 다시
잊혀지는 것들에게 새삼 작별인사를 건네야 할 것 같았
다. 그들이 말하기 전에, 신호를 보내기 전에, 깃털이 움
직이기 전에 말이다. 무슨 말인가를 해야지. 그런데 나
는 항상 늦었다.

깃털이 먼저였다.
깃털이 나를 어루만졌다. (2016)

엄마의 집

엄마 연세가 여든셋이다. 그렇게 건강하시더니 올해는 이런저런 검사도 받으시고 병원 출입을 하셨다. 병원에 가실 때, 딸들과 며느리가 번갈아 모시고 갔다. 혼자서도 갈 수 있다고 큰소리 치셨지만 밀어내지는 않으셨다. 내가 엄마랑 병원 갈 때, 엄마는 늘 나에게 같은 말씀이셨다. "바쁘지? 바쁠 텐데."

지금 내 나이가 우리 식으로 쉰셋인데, 엄마는 마흔아홉의 나이에 혼자되셨다. 자식 다섯을 그 막막함 속에서 키우셨다. 짐작컨대 그것은 강인함이라기보다 차라리 어떤 순리에 가까운 묵묵함이었다. 나는 지금 이 나이에도 그러한 묵묵함을 짐작조차 못한다.

자식들이 하나둘 결혼을 해서 떠나고 나는 네 번째로 집을 떠났다. 자식들이 많을 때 부대낄 때는 힘든 것도 그 용광로 속으로 함께 섞였을 터이고, 빈자리가 늘어 갈수록 또 다른 묵묵함이 엄마에게 새로 필요했을 것이다. 물론 이 새로운 묵묵함도 나는 전부 짐작할 수 없다.

　　우리 형제들은 결혼 후 여러 사정에 의해서 차례로 엄마 집에 들어가 살았다. 육아 때문에, 경제적 고려로, 집 장만 전후로 일정이 불명확해서 등등의 이유가 있었다. 처음에는 오빠네 가족이 몇 년, 그다음에는 바로 아래 동생네가 몇 년, 막내네가 그 다음, 또 언니네도 몇 년을 엄마랑 살았다. 나만 그러지 않았는데, 나는 그동안 딱히 그런 사정이 생기지 않았고, 무엇보다 시어머니를 모시고 살고 있기 때문이다.

　　형제들이 차례로 엄마 집에 들어가 살다가 빠져나갈 때, 들어가는 것도 나가는 것도, 그 어느 것도 엄마는 수용하셨다. 자식들의 사정이 무엇이든 원하면 들어갈 수 있었고 나갈 때도 마찬가지였다. 나는 누가 들어가든 들어가는 것을 좋아했는데, 어떤 이유에서든 엄마가 혼자 계시지 않을 수 있기 때문이었다. 물론 좋아했다가도 얼마 지나지 않아 다시 먹먹해지곤 했다. 같이 살던 자식과 그 가족들이 빠져나갈 때 엄마가 보여주시던 예의 그 묵묵함, 그것 때문이었다.

그리고 이제는, 정말 아무도 들어갈 일이 없어졌다. 마지막으로 언니네가 나간 지 정확히 기억나지는 않는데 수년 전이고 이제는, 그야말로 혼자 사신다. 우리 형제들은 1년에 몇 차례 제사나 명절 때 엄마 집에 모였다가 밤늦게 뿔뿔이 흩어지곤 했다. 멀기도 하고, 다들 다음 날을 위해 엄마 집에서 자고 가지 못했다. 나도 그랬다. 엄마 집에서 잔 지 언제였던가. 결혼해서 한두 번이나 그랬나, 기억도 안 난다.

엄마 집에 다들 모였다가 떠날 때, 와자지껄했던 공기가 식기도 전에 홀로 남는 엄마에게 손을 흔들고 운전해서 돌아올 때면, 차 안에서 나는 엄마 특유의 그 묵묵함 속으로 들어가곤 했다. 그것은 표현할 수 없는 것이었고, 엄마는 표현하지 않으셨다. 한 번도 표현하지 않으셨기에 우리 형제들 역시 그것을 채 헤아리지도 못하면서 가슴속에 지닌 채 밖으로, 엄마에게 내보이지 않았다.

엄마 집에 갈 때마다 나는 엄마의 묵묵함을 엄마 집을 통해 감각하곤 했다. 그리고 어떤 때는 그 집을 떠난 나를 배신자로 생각하는 이상한 상태에 빠지기도 했다. 엄마 집은 미혼의 내가 수첩을 들고 다니며 열심히 그 과정을 기록하면서 수리한 것으로 그 일이 당시 내 최대의 도전이자 기쁨이었기 때문이다. 모든 것이 그때 그대로 있는데, 그 자리에서 엄마와 함께 낡아가는데, 나는 매정하게 떠난 것이다. 내 호흡이 남아 있는 방, 손자국이 묻어 있는 손잡이, 내 눈이 언제나 닿았던 창문, 그 창문 너머 보이는 하늘, 모든 것이 여전히 있는데, 나는 어쩌자고 떠났을까.

지금 그 집에서 엄마는 혼자 사신다. 혼자 식사하시고, 밤에는 TV를 켜놓고, 활짝 웃는 자식과 손주들의 사진이 들어 있는 액자들이 몇 개씩이나 걸린 벽 아래서 얕고 짧은 잠을 주무신다. 액자들 속의 누군가가 가끔 엄마 생각이 나서 거는 전화 벨소리에 깜짝 놀라셨다가 몇 마디의 통화 후 거실로 나와, 켜놓았던 불을 끄려고 천천히 손을 내미신다. (2017)

우리 동네 상점들

집에서 멀지 않은 곳에 아이스크림 할인 가게가 생겼다. 동네 마트에서도 아이스크림을 할인한 가격에 팔기는 하지만 이 가게는 할인 폭이 압도적이었다. 기본이 50퍼센트였고 비싼 것일수록 더 많이 할인해주었다. 어느 밤에 산책을 나섰다가 우연히 발견한 새로 문을 연 가게였다. 여름밤 공기가 더웠고 피신하듯 들어서서 아이스크림을 골랐다.

아이스크림도 사고 더위도 좀 식히고 나오다가 문득 이 새로 생긴 가게 전에 여기가 어떤 상점이었을까를 생각해보았다. 몇 번 지나친 곳이었는데 잘 생각나지 않았다. 쓸데없는 것을 생각하는 나의 버릇이 또 나왔나 하며 말았는데 그 뒤로 거기에 들를 때마다 이번에는 또 이 가게가 언제 바뀔까 하는 생각이 들었다.

어릴 때는 차치하고라도 결혼해서 몇 번 이사를

다녔는데, 살았던 곳을 떠올릴 때면 늘 내가 자주 이용하던 상점이나 점포가 떠올랐다. 나의 삶은 평범한 삶이 그러하듯이 살던 동네의 마트, 시장, 편의점, 세탁소, 병원, 미용실, 빵집, 음식점, 옷가게, 카페, 우체국 등등에 대한 기억과 소회로 이루어져 있다. 한번 이사를 가면 이 모든 항목들을 바꾸어야 한다. 이사를 간다는 것은 단지 집만 바뀌는 것이 아니라 삶의 내용을 이루는 이 모든 거점들을 교체하는 것을 의미한다. 무엇을 바꾸는 일에 둔한 나는 이 부분이 늘 서툴렀다. 그래서 이사를 가면 대개, 한두 군데는 곧 교체하지만 어떤 상점은 교체가 아주 느리고 심지어는 몇 년이 흘러 새로운 동네에 완전히 적응이 되어도 새 상점으로 이동하지 못하고 이전 가게들을 이용하곤 한다. 예를 들어 내가 다니는 미용실은 예전 동네에 있던 것으로 이용한 지가 그야말로 10년이나 된 것 같다. 지금 집에서 거기로 가려면 버스도 타야 하고 비용도 더 비싸다. 집 앞에는 크고 멋져 보이는 세련된 미용실이 많은데 나는 단 한 번도 문을 열고 들어서지를 않았다. 미용실뿐 아니라 세탁소도 이전 동네의 것을 이용한다.

　이사로 내가 동네를 떠나는 쓸쓸함만 있는 것이

아니다. 내가 이용하던, 그리고 사랑하던 상점들이 먼저 떠나기도 한다. 예전 집에 처음 이사 갔을 때 그 동네 입구에 크게 서 있던 영화마을이 대표적인 경우다. 24시간 만화책과 DVD를 대여해주던 그곳은 동네의 상징과도 같았고, 늦은 밤에 그 불빛을 따라 귀가하곤 했었다. 몇 년이나 그 앞을 지나다니던 어느 날 점포 정리라 붙은 종이를 보았다. 문을 닫고 핸드폰 가게로 바뀐다는 것이었다. 상가 안에는 곧 폐기 처리될 DVD를 무더기로 쌓아 놓고 할인 판매를 하고 있었다. 나는 거기 주저앉아 장국영과 양조위의 DVD를 쓸어 담으면서 일어서지를 못했다. 이후로도 영화마을과 그곳에 대한 마음을 누구를 붙잡고 말도 못했다.

　동네의 상점들이란 무엇일까. 집을 나서면 줄을 지어 있는 상점들은 나의 집과 어우러져 내 삶을 이루는 풍경들이다. 떠나는 상점들이 있고, 새로 문을 여는 상점들이 있고, 이 모든 변화를 감내하며 나의 집은 존재하는 것이다. 변화는 언제나 상실과 함께하는 것이거늘, 이러한 이치를 이치로 받아들이면 되는데, 떠나는 상점들을 뒤에서 떠올리고 생각하는 마음은 무얼까. 떠나간 상점과 함께 나의 집도, 나의 삶도 어느 부분

떠나간 것이기 때문일까. (2019)

칠성 슈퍼

우리 동네에는 칠성 슈퍼가 있다. 정확히는 내가 사는 아파트가 아니라 바로 옆 아파트 단지 쪽에 있는 슈퍼다. 더 정확히는 그 아파트의 옆에 문득 주택가가 시작되고 주택가 쪽에 붙어 있는 슈퍼다. 내가 처음 이 동네로 왔을 때, 밤에 산책을 시작했을 때, 나는 칠성 슈퍼를 보았다. 지나갔다. 뭐야, 이름이 너무 이름 같잖아. 칠성 슈퍼, 무언가 잘 알 수 없는 감정이 시작되거나, 이미 어떤 감정이 존재하는 이름이었다.

　더운 여름날에는 왜 산책을 하는지 모르겠는데, 왜 하지? 하면서 했다. 특히 밤에 하는데, 더워서 빨리 걸을 수도 없고 걸을수록 땀이 나는데 무작정 나가곤 했다. 나가면 일단 여러 방향이 있다. 집이 언덕 위에 있어서 내려가는 길이 있고 올라가는 길이 있다. 내려가는 길로 가면 다시 오른쪽과 왼쪽이 있고, 왼쪽 길은 다시 올라가는 길로 이어져 있다. 오른쪽 길은 시내로 통하는 길이고 내려가지 않고 평평한 길이다. 집을 나서 내려가지 않고 올라가는 길은 무척 가파르고 한참을 올라가야 그 경사만큼의 내리막길이 나온다. 이때 다 내려가지 않고 중간쯤 가서 왼쪽으로 틀어 가다 보면 예의 그 칠성 슈퍼가 있다.

칠성 슈퍼 앞에는 붉은색 둥근 플라스틱 테이블이 있고, 플라스틱 의자들이 몇 개씩 겹쳐져 놓여 있다. 슈퍼는 작고 애써 단아하고, 선반마다 비슷한 과자 봉지들이 언제나 똑같은 포즈로 늘어서 있다. 그 앞 의자에 간혹 한 두 사람 앉아 있는 것을 보긴 했지만 대개 의자는 비어 있다. 나는 늘 별생각 없이 그 앞을 지나가곤 하였다. 그냥 아, 칠성 슈퍼구나 하면서. 그러다 어느 날 안으로 들어선 적이 있다. 그리고 물었다. 언제까지 열어 놓으시나요, 한 바퀴 돌고 오다 들를까 하여. 그런데 안주인이 벽에 기댔던 몸을 일으키며 대답은 않고 부스스 물었다. 술 들라우?

　늦은 시간, 창백한 형광등, 방향을 알 수 없는 습한 냄새, 휑한 실내와 대답 대신 던져진 억양 없는 말, 나는 충격을 받은 듯 밀려나듯 뒷걸음쳤다. 그리고 아무 말 없이 멀어졌다. 아무 생각 없이 걸었다. 오르막길과 내리막길을 다시 올라가고 내려갔다.

늘 걷곤 했다. 아무 일 없어도 걸었다. 어떤 일이 닥치면 그 일이 무엇인지 알 수 없어 걸었다. 걷다 보면 더 알 수 없어지기만 했다. 그 알 수 없는 무언가가 싫고 견딜 수 없으면 무작정 되는대로 걸었다. 견딜 수 없는 것들이 늘 있었다. 견딜 수 없는 사물, 상황, 표정, 어떤 것은 집요하게 따라왔다. 누군가의 말이 따라오면 걸었다. 말은 대표적으로 알 수 없는 것이었다. 말이 던져지면 세계는 깨졌다. 깨진 세계 속을 걸었다. 말이 따라오지 않을 때까지 걸었다. 시간이 걸렸다. 늘 시간이 지나야 했다. 아닌 것처럼 보여도 결국은 시간이 이겼다. 그래서 남은 것은 오직 이것, '한참을 걸었다.'

나이를 먹어가면서 점차로 낮보다는 밤에 걸었다. 낮에 걷는 것과 달리 밤에 걸으면 감각이 쉽게 둔해졌다. 얼마를 걸었는지, 누가 걷는지조차 알 수 없게 되었다. 내가 걷는지, 누가 나를 밀고 가는 것인지 잘 느껴지지 않았다. 무엇이 걷고 있는가, 걸어가는 이 덩어리는 무엇인가.

이 밤

이 밤

다 같이 밤을 뒤집어쓰고 있는 중입니다.

서로 무엇에도 아무 관심도 없습니다.

오직 밤이 있습니다.

가까이 있는 것도 멀리 있는 것도

밤에 속해 밤 속에 있습니다.

어떤 사람은 건물 안에서 어떤 사람은 밖에서

밤입니다.

나는 밤에 걷는 사람이고 밤에 걷는 사람을 보고 밤에 걷는 사람들에 섞여 있다. 밤은 아직 끝날 것 같지 않다. 나무와 나무 앞에 잔뜩 쌓여 있는 거대한 쓰레기 봉지들도 끝나지 않을 것 같다. 그러나 또 쉽게 끝날 것도 같다. 다음 골목엔 이런 것들이 벌써 다 없을 것 같다.

어디야?

응 밖이야

들어가는 길이야?

아니 아직

뭐 하는 중인데?

길을 건너려고 해, 작은 길을 건너고 또 4차선 도로를 건너려고 서 있어

오늘 무슨 일 있었어?

아무 일도

올래?

아니 괜찮아

두 번 길을 건너고 칠성 슈퍼로부터 한참 멀어졌다. 이쪽은 우리 동네와 분위기가 많이 다른 것 같다. 작은 상가 건물들이 이어져 있다. 안이 비치는 투명한 유리 너머 사람들이 모여 있다. 코로나 때문에 많지는 않지만 그래도 몇몇 사람들이 두세 그룹씩 모여 와자지껄 술을 마시고 있다. 손에 들린 술잔, 무어라 열심히 말하는 제스처, 끄덕이는 머리들, 그렇구나, 사람들은 늦은 저녁이면 술을 마시는구나. 집으로 가기 전에 걸음을 멈추고 술집 안으로 들어가 술을 마시는 거다. 술 앞에서 어

쩔 줄 몰라 하면서, 맥주 거품에 하루의 비밀을 희석시켜 쏟아 내고 마시고 종결시킨다. 처리한다. 웃으며, 지껄이며, 부딪치며, 테이블이 젖고, 붉은 재킷이 의자 밑으로 떨어지고, 정체를 알 수 없는 사람들이 정체를 알 수 없는 하루를 처리한다.

나는 밖에 잠시 멈추어 서서 그 광경을 넋을 잃고 바라보았다. 사람들의 솜씨를, 그 친근하고 안정적이게, 능숙하게 하루를 처리하는 기술을 별세계인 양 지켜보았다. 문득 칠성 슈퍼 앞의 플라스틱 테이블이 떠올랐다. 술 들라우? 하던 말도. (2020)

신문

아침마다 신문이 온다. 현관문을 열면 바닥에 떨어져
있다. 신문을 들고 들어오면서 1면 머리기사 제목을 훑
는다. 그리고는 식탁 의자에 혹은 소파에 던져버린다.
일주일 치 신문이 그렇게 쌓이다가 재활용하는 수요일
에 밖으로 치워진다. 신문을 열어보는 날은 일주일에
한두 번 정도에 지나지 않는다. 바쁘게 허드렛일을 마
치고 쉬고 싶을 때, 산책하러 나가기 귀찮을 때, 거실을
한 바퀴 돌며 떨어진 것들을 집어 올리다가 멍하니 1면
의 큰 글자가 눈에 들어올 때 신문을 펼친다. 펼쳐도 펼
치지 않은 것과 다를 바 없다. 그 커다란 면을 가진 페이
지들을 대각선으로 훑으며 그냥 넘긴다. 순식간에 두
툼한 신문을 다 넘겨버려 끝 페이지에 도달한다. 신문
은 단번에 구겨지는 종이다. 신문에 들어 있는 글자들
은 거기서 나오지 못한다. 몸을 일으켜 내게로 오지 못

한다. 나를 침범하지 않고 내 마음의 평정을 깨뜨리지 못한다. 나는 이런 거리를 좋아한다. 언어와의 거리, 언어가 적당히 떨어져 일정하게 도열되어 있고, 무늬처럼 자태가 있는 경우다. 나는 글자를 읽는 것이 아니라 보는 것이다. 신문의 언어는 보는 언어이다. 그렇게 하고 싶다. 너를 읽는 것이 아니라 너를 보고 싶고, 자연을 읽는 것이 아니라 자연을 보고 싶다.

그렇지 않을 때가 있다. 언어가 돌출되는 때, 그리하여 언어들이 내게 다가오는 때가 있다. 또한 내 안으로 들어와 머물기도 하는 것이다. 그것이 누군가의 이름일 때는 아주 오랜 기간이 되기도 한다. 몇몇 언어들은 시차를 두고 나를 점령한다. 나는 언어의 점령지이다. 내가 언어를 가꾸는 것이 아니다. 언어가 나를 가꾼다. 나를 바꾸어간다. 언어는 나를 시작한다.

나는 언어의 이러한 주도에 익숙하다. 이는 문학의 언어다. 시의 언어다. 나는 물론 시를 따른다. 그러면서 한편으로 이와는 전혀 다른, 낯설고 거리감 있는 언어들을 선뜻 집 안으로 들인다. 신문의 활자들이 집 안으로 들어와 무의미하게 놓였다가 나가는 것을 싫어하지 않는다. 나는 친하지 않은 언어들이 손님처럼 들어섰다가 인사도 나누지 못하고 가버리는 불필요한 과정을 마다하지 않는 것이다. 신문이나 신문 사이에 끼어 있는 전단지, 광고지 등 내가 익숙하지 않은 언어들이 날마다 내 주변을 떠돌다 가는 것을 느끼는 것만으로 마음이 편안해진다. 그래서 신문을 읽지 않지만 신문을 구독한다. 아침마다 신문이 온다. (2021)

5부

있는 그대로

칼럼

개인이 생각을 할 수 있을 때

– 한나 아렌트의 '악의 평범성'에 대하여

선과 악에 대한 이야기만큼 우리가 잘 알고 있다고 생각하는 담론도 많지 않다. 우리는 누구라도 선악을 구별할 수 있고, 판단할 수 있다고 생각한다. 그것은 심지어 어린아이의 눈에도 보이는 것이며 감정이나 이성 어느 부분을 작동시켜도 포착될 만큼 뚜렷한 것으로 여겨진다. 물론 바로 알 수 있을 것 같은 선악이 무수히 많은 복잡한 내용들을 포함하고 있을 것이라 짐작하는 것 역시 어렵지 않다. 우리는 선악의 본질에서부터 시작하여 그것의 형성 과정이나 특징에 대해서, 현상에 대해서 다양한 이야기들을 전개할 수 있다. 예컨대 선에 공감할 수 있는가, 선은 교육과 경험, 관습에 의한 것인가, 선악은 인간이 자신이나 자신의 집단에 대한 귀속과 외부의 배제에 적용하는 논리가 아닌가, 선악은 본질상 상반되는 것인가, 인간은 윤리적 인자를 자연적으로 가지고 태어나는가 등등 얼핏 보아도 쉽지 않은 논란들이 가능하다. 이러한 논의에는 윤리적, 철학적, 과학적 지식과 체계가 동원되기도 한다. 이 중 어떠한 논거를 동원하든 간에 선악은 가장 보편적인 힘이요, 강력한 잣대요, 효과적인 이데올로기가 될 것임은 틀림없는 일이다. 선악을 넘어서고 무력화시킬 수 있는 담론이 과연 얼마나 될까.

이러한 분분한 논의들의 허를 찌르기라도 하려는 듯 니체는 "도덕적 현상이란 존재하지 않고 현상에 대한 도덕적 해석만이 존재할 따름이다"라고 했다. 선악이나 도덕 논쟁의 성격을 불시에 통찰하게 하는 말이다. 이것은 우리가 도덕에 대해 해석하는 잣대들, 관점들이 결과적으로 도덕, 즉 선악 자체를 대체한다는 의미이다. 따라서 누군가 선악에 대해 이야기할 때, 우리는 선악을 보기보다는 그가 선악을 분별하고 평가하는 잣대를 보게 된다. 그가 어떤 뜻으로, 의도로 선과 악을 이야기하는지 알게 되는 것이다. 니체는 논자들이 선악을 자신의 관념이나 가치에 빗대어 세계관을 드러내는 데 도용할 수 있음을 간파하게 해준다.

선악은 없고 이처럼 "도덕적 해석"이 전부라면 이

에서 벗어나서 생각해본 예가 있는가. 인상적으로 떠오르는 철학자가 하나 아렌트이다. 아렌트는 선이나 악에 대한 관념이나 판단을 전개하지도, 도덕적 해석의 결과로서의 악을 제시하지도, 선과 악을 대비하며 이 구도를 재현하지도 않는다. 그는 어떠한 상정도 하지 않은 채 단지 악을 관찰한다. 악이 실체가 있는지, 집약된 근거가 있는지를 살피는 것이다. 그리하여 대부분의 사람들이 눈앞에 벌어진 일에서 선이나 악에 대한 자신의 관념을 확인하려 한다면 아렌트는 이와 반대로 악으로 확정되어 있는 대상에서 악이 무엇인지를 찾아보려 한다. 이러한 시도의 산물이 『예루살렘의 아이히만』이다. 그 자신이 유대인이기도 했던 아렌트는 유대인 학살 주범의 한 사람인 아돌프 아이히만이 재판받는 것을 참관하고 이 책을 썼다.

너무 유명한 책이라 상식적인 수준의 소개는 필요 없을 듯하다. 주지하다시피 이 책은 통념에서 벗어나 있다. 아렌트는 악의 본질이나 정체성을 찾아내 정의 내리지 않는다. 오히려 이를 부정하는 쪽에 가깝다. 아이히만이 학살의 과정에 참여하게 된 과정을 구성하고 당시의 상황을 기술하는 식으로 되어 있는 이 책은 흔히 기대되는 악의 근거를 제시하지 않는 것이다. 대신 아이히만이 명령을 받고 이동하고 임무에 충실히 복무하는 모습, 학살을 보거나 알고 있기도 하지만 한편으로 끔찍한 장면이나 시설들을 피해 다니기도 하는 정황들을 보여주고 있을 따름이다. 가장 중요한 것은 그가 단지 법을 준수한 시민의 모습으로 나타난다는 점이다. 아이히만 자신의 말대로 유대인을 증오하지도, 살인자가 되기를 바라지도 않았고, 의무에 따랐을 뿐인 한 개인을 보여주고 있다. 아이히만이 체포되어 재판을 받고 처형되는 것을 기술하면서 한나 아렌트는 그의 죄가 복종에서 나왔다고 쓰고 있다.

　재판 속기록을 참고하고 재판 보고서의 형식을 띤 이 책에서 아이히만이 처형되는 장면은 여러모로 인상적이다. 붉은 포도주를 요구해 반쯤 마시고, 성서를 읽어 주겠다는 목사의 제안을 거절하고, 검은색 두건도 필요 없다면서 꼿꼿이 형장으로 걸어간 아이히만, 죽음을 맞아 자신을 완전히 통제하고 있었지만 아렌트가 보기에 그는 최후의 순간에 어리석은 말을 하고 만다. "잠시 후면, 여러분, 우리는 모두 만날 것입니다. 이것이 모든 사람의 운명입니다." 이 말은 누가 보아도 자신의 죽음에 어울리지 않는 상투어에 불과하다. 여기서 아렌트는 "말과 사고를 허용하지 않는 악의 평범성"을 본다. 무슨 말일까. 그러고 보니 책의 부제가 바로 '악의 평범성에 대한 보고서'이다.

'악의 평범성'이라는 말로 아렌트가 관찰한 악을 유추할 수 있다. 유대인 학살의 전범인 아이히만에게서 악의 존재와 작동을 잘 찾아볼 수 없다는 것이다. 그는 명령을 따르고 의무를 이행하는 자에 불과했다. 평범한 시민과 인간의 모습을 하고 있을 뿐, 죽음의 자리에서도 자신의 행위에 대한 자각을 보여주지 못한다. 사형수가 남긴 마지막 말이 악이라 추정할 수 있는 어떠한 에센스도 없이 진부하기만 하다는 것은 놀라운 일이다. 이렇게 핵심이 없는 악을 아렌트는 '악의 평범성'이라는 말로 표현한다. 평범하다는 것은 악으로 집약될 만한 무엇이 그 안에 들어서지 못할 정도로 어떤 사유의 뿌리도 없는 상태를 나타낸다. 물론 이 말은 악의 실체를 찾을 수 없으므로 악의 존재를 부정한다는 것이 당연히 아닐 것이다. 오히려 악에 대한 고정관념으로부터 자유로워져서 악을 발견한 것이라 할 수 있다. 요컨대 실체가 없다 하더라도, 평범하기만 한 악으로, 인류에 대한 범죄가 이루어지는 극도의 상황을 제시함으로써 악의 새로운 모습을 보여준 것이다. 평범하다는 것, 이것은 지금까지 우리가 알지 못하던 악의 모습이다. 아렌트의 다소 극단적인 실증주의에 의해 악은 평범과 연결되면서 흐려진 듯 더 확장된다.

악이 평범하고 아무 생각이 없다는 것은 국가, 사회, 제도에 속한 개인의 의미를 돌아보게 만든다. 국가는 생각을 하지 않는다. 국가가 갖는 것은 목적이지 생각이 아니다. 생각을 하는 것은 개인이다. 니체는 "개인에게서는 광기를 찾아보기 힘들다. 그러나 집단, 당파, 민족, 시대 등에는 거의 예외 없이 광기가 존재한다"고 했다. 사유가 없을 때 광기는 작동되게 마련이다. 집단의 광기는 집단이 사유와 무관한 것임을 알려주는 신호이다. 그런데 전체와 하나가 되어 생각을 하지 않는 개인의 얼굴을, 그리하여 악의 평범성을 아렌트는 아이히만에서 보고 있는 것이다.

니체는 개인에게 가능한 것들을 옹호했다. 그는 "이의, 탈선, 건전한 불신, 조롱하기 좋아하는 것 등은 건강의 징조다. 절대적인 것은 모두가 병적인 것이다"라고 했다. 탈선, 불신, 조롱 등은 모두 전체에 속하지 않는 개인의 모습들이다. 전체와 절대에 개인이 속하지 않을 수 있을 때, 개인이 생각을 할 수 있을 때, 악의 무 사유를 흔들 수 있는 것이 아닐까. (2019)

다가서는 마음

대학에 들어간 조카가 대학 생활도 잘하고 학점도 잘 받으려면 어떻게 해야 하는지 물어 왔다. 나는 지체 없이 강의실에서 맨 앞자리에 앉으라고 일러주었다. "그 것뿐이에요?" 비밀스런 노하우를 기대한 듯한 질문에 그렇다고 짤막하게 대답했다.

지정석이 아닐 때 학생들은 대개 강의실의 뒤쪽에 앉는다. 학생 수에 비해 강의실이 크기라도 하면 앞자 리는 뻥 뚫리기 마련이다. 그러면 나는 강단을 버리고 그들의 가운데로 들어서서 강의를 하곤 한다.

이유는 잘 모르겠지만, 사람들은 보통 자신이 늘 앉는 자리에 앉는다. 위치에 대한 선호라고나 해야 할 까. 예식장이나 강연장이나 무슨 워크숍 같은, 공사를 막론하고 자리에 앉아야 하는 이러한 사소한 의식에도 사람들의 성격이 나타나는 것이다. 그런데 대개 우리들은 먼저 온 순서대로 앞에서부터 잘 앉지 않는다. 뒤에서부터 자리가 채워지기에 늦게 온 사람들이 늦은 티를 내가면서 앞으로 나아가서 앉아야 한다.

　내가 앞자리를 강조하는 것은 나름의 이유가 있다. 내 경험에 의하면 앞자리에 앉는 학생이 있을 때, 아무리 수강생이 많더라도 그를 기억하게 되기 때문이다. 물론 이것은 학생 쪽도 마찬가지일 것이다. 앞에 앉는다면 귀 기울여 듣게 될 가능성이 크다. 단지 정보의 내용뿐 아니라 말하는 사람의 음성의 색깔, 미묘한 강조점들, 사고의 흐름과 감정의 변화들이 생생하게 전달되는 까닭이다. 그리고 이 모든 것이 어우러져 내용이 되는 것이다. 결국 똑같이 수업을 들었지만 가져가는 것은 하늘과 땅 차이라 할 수 있다.

　공유와 연대가 유난히 발달한 우리 문화이지만, 우리는 공적으로 가까이 가는 것에 익숙하지 않은 것 같다. 멀찍이 떨어져 자기 자리를 고수하면서 거리감을 전제하고 상대의 이야기를 듣는 것은 아닐까. 불필요하게 사적인 침입은 잘 하면서, 공식적으로 다가가 경청하는 일에는 서툰 편이 아닌가 말이다. 특히 의견 차이가 있는 상대와 어떤 중요한 정책을 결정하거나 해야 할 때 앞으로 가서 머리를 맞대고 숙의하는 아름다움을, 나는 한국의 정치와 문화 풍토에서 보고 싶다. 다가서는 태도, 그것은 잘 듣는 것뿐 아니라, 잘 파악하게 되는 길임이 분명하다. 이익은 고스란히 다가선 자의 것이다. (2013)

구형球形의 세계

파마나 염색을 할 때 쓰는 약품의 냄새가 싫어서 파마나 염색을 안 한 지 10년은 되어가는 것 같다. 이삼십대일 때는 싫은 것도 좀 참고 했는데, 요즘은 내키지 않는 것은 안 해도 되는 배려를 나에게 종종 해준다. 그랬더니 한 달에 한 번 커트만 하러 가는 동네 미용실의 미용사와 얘기할 기회가 별로 없었다. 경우에 따라 하루 종일 걸리는 파마와 달리 커트 시간은 대략 30분 안팎이기 때문이다.

매달 일정한 날에 와서 조용하게 머리를 깎이고 군말 없이 가는 별 특징 없는 단골손님에게 며칠 전에는 미용사가 불쑥 이런 말을 했다. "머리카락들은 잘릴 때가 되면 난리를 쳐요." 무슨 말인지 얼핏 감이 오지 않아 의아해 하자 미용사는 거울을 통해 이랬다. "아무리 단정하게 잘라놓아도 소용없어요. 인간의 머리가 평면이 아니고 구형球形이라 머리카락들이 일정하게 자라도 곧 불균형해지고 덥수룩해지거든요."

나는 그날 미용실을 나서면서 재고 민첩한 그녀의 손끝뿐 아니라 그 탁월한 식견에 감동한 마음의 미소를 보냈다. 내 마음은 그냥 자라나는 머리카락들이 아니었던가, 하는 생각을 했던 까닭이다. 시간이 흘러가면서 집에서는 아이들을 그냥 이해하는 태도가 늘어가고, 학교에서는 학생들에게 필요한 것이 무엇인지 점점 더 알게 되고, 내가 하는 글 쓰는 일이라는 것도 처음보다는 익숙해지고 뭐가 뭔지 좀 보이게 되고, 그래서 안심하고 있었던 것은 아니었던가.

하지만 머리가 구형球形이어서 머리카락들이 아무리 일정한 길이로 자라도 곧 지저분해지고 말듯이, 아이들이, 학생들이, 인간 사회가 구형球形의 세계여서, 그것을 둘러싸고 있는 내 마음이 아무리 일정한 크기로 성장해가도 나는 결국에는 부조화와 불균형 그 자체가 되고 마는 것은 아니었던가. 이것을 혼자 길어진다고 할 수 있을 것 같다.

미용사 덕분에, 무턱대고 자라난 나의 사랑과 이해라는 것이 지금 재조정과 재구성을 기다리고 있는지도 모른다고 생각해보게 되었다. 그냥 길어지기만 하는 것을 거부하고 난리를 친다는 머리카락들처럼, 살아 움직이는 구형球形의 세계와 오늘 무언가 새롭게, 아름답게 결합하기를 내 마음은 바라고 있는지도 모르는 것이다. (2013)

눈물이 고여

최근에 다시 어린 학생들이 연이어 자살했다. 친구와 같은 반이 되지 않은 것을 비관한 여중생과 학교 폭력에 시달린 남학생의 자살 사건이 4일과 11일, 1주일 간격을 두고 발생한 것이다. 이들은 모두 왕따 학생들이었다. 새 학년, 새 생활을 시작해야 하는 3월 초에 두 학생은 짧은 생을 마감했다.

언론에 공개된 유서의 일부를 읽으며, 그들이 떨면서 써 내려갔을 마지막 한 자 한 자의 캄캄한 절벽을 떠올렸다. 그 절벽 속에서 누군가 손을 내밀어줄 거라는 일말의 희망도 그들은 가질 수 없었던 것이다.

아이들에서 성인들에 이르기까지 우리 사회를 관통하는 것이 있다면, 사회가 정글이라는 것과 이 정글은 혼자 있는 자를 내버려두지 않는다는 것이다. 물론 우리는 법과 질서를 통해 무가치하고 예측할 수 없는 폭력으로부터의 보호망을 구축함으로써 문명 사회, 선진 사회라는 것을 이룩할 수 있었다. 한 사회가 유지된다는 것은 바로 구성원들의 안위 그 자체에서 출발하는 것이기 때문이다. 하지만 이러한 치레는 사회적인 언어를 주고받는 성인들의 것이기 쉽다. 성인들은 속으로 미워할 줄 알며 주먹을 함부로 휘두르지는 않는 것이다. 정글을 포장할 줄 아는 까닭이다. 정글이 사회적 위장 없이 그 자체로 체험되는 때가 10대이며 따라서 이것은 성인들의 것보다 훨씬 가혹한 상태로 나타난다.

정글은 왕따나 나홀로족들에게 혹독하기만 한 것이다. 이른바 '조직의 쓴맛'이라는 것은 학교에서 직장에 이르기까지 어떠한 집단인 경우에도 개인을 압박한다. 우리 모두는 개인을 짓누르는 이 힘을 평생에 걸쳐 잘 알고 있다. 그래서 조직에서 떨어져나갈까 봐, 외톨이가 될까 봐 그렇게 전전긍긍하는 것이다. "죄송해요…. 또다시 외톨이가 될까 봐" 하면서 죽음을 선택한 여중생의 마지막 말은 우리 안에 있는 음성이다.

이제 정말로 생각해보고 싶다. 혼자 있는 것을 지탄하지 않고 두려워하지 않을 수 있는 사회, 혼자로 충분히 강해질 수 있도록 격려하는 사회, 그래서 혼자로 내모는 것이 어떠한 잔인한 이득도 되지 않는, 그런 사회는 불가능한 것인가. "눈물이 고여 하지만 사랑해"라는 말을 남긴 남학생처럼, 지금 혼자 있는 아이들의 눈에 눈물이 고여 있다. (2013)

사이버 시대

갓난아이들도 스마트폰을 주면 울음을 그치는 시대, 서로 마주 앉은 연인들이 직접 대화보다는 폰으로 문자를 주고받는 시대, 사이보그, 안드로이드가 문화적 아이콘으로 등장한 시대에 우리는 살고 있다. 사이버 캐릭터가 인간과 함께 방송에 등장할 시기도 멀지 않았다. 캐나다 소설가 윌리엄 깁슨이 자신의 소설에서 처음 사용한 것으로 알려진 '사이버'라는 말은 가상의 세계를 일컫는 것인데, 이제 '사이버 스페이스'라 하여 컴퓨터로 가능해진 각종의 네트워크를 총칭하게 되었다. 인간이 상상하고 기획하고 접촉하고 행위하는 모든 것이 인터넷 상에서 가능해진 시대, 사이버 시대가 도래한 것이다.

사이버 시대에 들어서서 우리는 '사이버'라는 말로 시작되는 각종의 상황에 익숙해지게 되었다. 사이버

머니, 사이버 경찰, 사이버 대학, 사이버 증시, 사이버 게임, 사이버 중독, 사이버 명예, 사이버 문화 등, 이젠 모든 것이 사이버와 결합되기만을 기다리고 있는 듯이 여겨지기조차 한다.

이와 함께 사이버 자아라는 개념도 아주 익숙하게 등장하곤 한다. 익명성을 특징으로 하는 온라인상에서의 활동을 둘러싸고 갖는 자아감이다. 실제적인 정보가 아니라 아이디만으로 언제든 나타났다 사라지는 사이버 자아는 실제의 자아와 매우 다를 뿐 아니라 이로 인한 이중 자아의 경험이야말로 현대인의 인지구조를 이전 시대와는 판이하게 만들었다.

이처럼 현실 대신 가상이라는 또 하나의 장이 성립하게 된 것은 우리에게 현실의 너머, 현실에서 자유로운 세계가 있다는 생각을 하게 만들었다. 하지만 냉정하게 생각해보면 그렇지 않다는 것을 알 수 있다. '사이버'의 가상이라는 말은 사이버 테러에 이르면 더 이상 가상이 아니다. 3월 20일에 있었던 사이버 테러는 방송사와 금융기관의 대규모 전산망을 한꺼번에 마비시켰다. 이러한 전산 시스템의 파괴는 통신망을 무너뜨리고 금융거래를 중지시켜 실제 삶을 커다란 혼란에 빠뜨린 것이었다. 사이버가 사이버가 아닌 것이다.

사이버 시대라는 것은 이처럼 공격에 취약한 상태를 일컫는 것에 다름 아니다. 컴퓨터로 연결, 통일되어 있는 '사이버'는 또 다른 별도의 세계가 아니라 현실 세계의 운명을 한순간에 좌지우지할 수 있는 더 강력한 현실이 된 것이다. (2013)

어떤 존재감

프란치스코 새 교황에 지구촌 사람들의 시선이 쏠려 있다. 교황에 선출된 뒤 연일 보도되는 파격을 지켜보았다면 가톨릭 신자이든 아니든 감동을 느꼈을 것이다. 며칠 전에는 여성과 이슬람 교도들에게 세족식을 하여 놀라움을 안겨주기도 했다.

가난하고 고통받는 자들이 있는 곳으로, 종파를 초월하여 교회 밖으로 나아가려는 교황의 자세에서 우리는 새로운 시대의 도래를 읽는다. 격식에 얽매이지 않고, 이 세계가 그려놓은 편견에서 자유로운 행보가 모두에게 해방의 메시지로 다가온 것이다. 그리하여 더 낮게 더 넓게 대중에게 다가가는 모습에 매스컴은 찬사를 보내고 있다.

그런데 한편 우리들은 속인들이라 대중에게 가까워지는 교황을 앞뒤 가리지 않고 좋아하는 것은 아닐까 생각되기도 한다. 소박과 소탈이 마치 새 교황의 전부인 양 여기며 예상치 못한 이례적인 의식儀式을 대중적으로 소비하길 즐기는 것이다. 따라서 어쩌면 더 중요한 부분, 인류의 정신적 지도자로서의 존재감을 기대하기보다는 단순하게 겉으로 드러난 전임 교황과의 차이에 환호하고 있는지도 모른다.

존재감이란 다양하고 복잡한 것에서 온다. 평범한 사람의 경우도 그러한데 하물며 교황에 대해서라면 강조하는 것이 무색할 따름이다. 교황은 단지 12억 가톨릭 신자들의 지도자가 아닌 것이다. 나는 가톨릭 신자는 아니지만 유한한 우리 인간이 감히 신성하고 무한한 것을 꿈꾸게 하는 것이 교황의 자리라고 생각한다. 이 세계의 종교이지만 종교를 넘어선 종교, 지구촌 인류의 사유이고 기도인 것이다. 단지 대중과의 친밀감만으로 우리는 이러한 교황의 존재감을 다 써버릴 수는 없다.

"밖으로 나가야 합니다. 고통과 유혈, 맹목, 악에 속박된 죄인이 있는 세상으로 나가야 합니다"라고 한 교황의 인터뷰를 보며, 이 세계의 갈등과 분열에 대한 지도자로서의 고민을 느껴본다. 그 고민은 그를 지금처럼 현실과 대중 속으로 계속 들어가게도 하겠지만,

반면 가장 내면적으로, 가장 영적으로 깊어지게도 할
것이다. 따라서 우리는 그가 홀로 있는 시간도 사랑해
야 하며, 나아가 그렇게 할 수 있도록 기다릴 줄 알아야
한다. 그는 오랜 세월 인류가 지켜온 인류 안의 거대한
인류이기 때문이다. (2013)

'바란다'는 것

어쩌다 주말에 쇼핑몰에 가게 되면 부모와 실랑이를 벌이는 아이를 실시간으로 한두 명씩은 보게 된다. 아이는 강렬히 원하는데, 부모들은 "떼쓰지 마"라는 말로 아이의 욕구를 차단한다. 무언가를 바라는 욕망이 '떼'라는 말로 간단히 평가되는 순간이다. 떼를 쓴다고 하는 것은 인생의 일찍부터 경험하게 되는 바라는 것의 고통을 냉정하게 표현한 것이다.

바란다는 것은 실로 고통스러운 일이다. 그런데도 우리는 인생을 바라는 것들로 가득 채운다. 더욱이 바라는 것이 늘어나고 정교해지니 고통은 커지게 마련이다. 아이 때의 갖고 싶은 것, 하고 싶은 것뿐 아니라 인간관계에서 바라는 것들이 추가되는 것이다. 직장에서, 학교에서, 집에서, 우리는 옆에 있는 존재들에게서 언제나 무언가를 바라고 있다. 이런 말을, 이런 행위를,

이런 배려를 해주면 좋을 텐데 하고 말이다. 그러나 바라는 것은 십중팔구 일어나지 않을 것이기에 우리는 영원히 고통스럽다.

바라는 것은 왜 이루어지지 않는 것일까? 단지 경제적인 이유 외에도 여러 가지 상황을 고려하여 부모는 아이가 원하는 것을 다 들어주지 않는다. 어른이 보기에 아이가 바라는 것이 아이에게 나쁜 것일 수도 있고, 또 바라는 대로 세상이 움직여준다면 아이는 아무것도 생각하려 하지 않을 것이기 때문이다. 바라던 대로 되지 않았을 때 아이는 자신을 돌아보고 세상의 크기를 깨달을 수 있다.

아무리 많이 살아도 잘 보이지 않는 것이 인생이다. 인생을 내려다보며 전체를 통찰해서 볼 수 없기에, 우리는 자신이 바라는 것이 때로 독(毒)이 되는지도 모르고 바라는 아이와 다를 바가 없다. 오늘 내가 간절히 원하는 것이 나를 행복하고 현명하게 이끌 것인지 사실은 알 수 없는 것이다. 그래서인가, 우리가 떼를 쓸 때 세상은 우리가 원하는 것을 다 들어주지 않는 것 같다.

지나온 삶을 돌이켜보았을 때, 인생이라는 것이 바라던 대로 흘러오지만은 않았음을 우리는 알고 있다. 이제 아쉽지만 위안을 삼아보는 것은 어떨까. 그래서 우리는 성장했을 것이라고. 미국 시인 에이드리언 리치는 "우리가 바라는 대로가 아니라 있는 그대로 되었으면" 하고 쓰고 있다. '있는 그대로'가 더 지혜로운 것이라는 통찰이다. (2013)

봄꽃 예찬

매년 봄이 그러했을 텐데 올해는 유난히 봄이 까다롭다는 생각이 든다. 20년 만에 서울에서 가장 뒤늦은 눈이 내렸다. 아침에 날씨를 체크하고 집을 나섰는데도 기온이 뚝 떨어지고 거의 태풍급에 해당하는 바람도 맞아서 며칠 고생을 하고 말았다. 겨울옷을 다시 꺼내 입었지만 감기에 걸리고 만 것이다. 나뿐이 아니다. 곳곳에서 콜록거리는 소리가 그치지 않는다. 신기한 것은 기온이 이렇게 곤두박질쳤는데 봄꽃들이 피고 있다는 것이다. 집 앞의 목련, 개나리, 진달래꽃들이 이번 주 초에 피기 시작했다.

생각해보면 꽃이야 1년 내내 피고 또 계절마다 매력이 다른 것이지만 그중에서도 봄꽃이 남다르고 사람들의 사랑을 받는 데는 이유가 있는 것 같다. 봄꽃이 단지 추운 겨울을 마감하고 따뜻한 온기가 지상을 덮게 되었다는 기별을 해서만은 아니다. 겨우내 얼어붙었던 우리들의 마음을 녹여주기 때문만은 아니라는 것이다.

봄꽃은 황사나 꽃샘추위 같은 변덕스럽고 시샘 많은 봄날을 아랑곳하지 않고 핀다. 연약해 보이기만 하는 작은 꽃들의 강인함에 놀라게 되는 이유이다. 섣부르게 나섰다가 움츠러들며 종종거리는 우리 인간들에 비해 얼마나 당당한가 말이다. 그 당당함은 오락가락하는 봄날의 예측할 수 없음에도 불구하고 꽃을 피우는 결단에서 나온다. 아마 그런 방식으로 봄은 오게 될 터이다.

물론 봄꽃의 시련은 그 '불구하고' 피어난 것에 그치는 것이 아니다. 꽃을 피우고 나서도 그들은 올해와 같이 눈이나 강풍을 맞기도 해야 한다. 환경의 예측할 수 없음과 내내 함께 해야 하는 것이다. 이것은 피워 내는 것보다 더 어려울 게 분명하다. 봄꽃이 아름다운 것은 '불구하고'에 이어진 이 '함께'에 있다.

오늘 하루도 예측 불허의 날이다. 크게는 인간 사회가 그러하듯이, 각 개인에게도 예측의 영역이 늘어나는 것에 비례하여 예측할 수 없음의 넓이가 결코 줄어들지 않는 평범한 날이다. 이러한 하루의 손을 잡는다는 것은 어제와 다른 오늘을 맞이해야 한다는 것임을 생각해본다. 요컨대 모든 날들은 갑작스런 것이며, 그것은 우리가 살아 있기에 날들도 살아 있는 것을 뜻하는 것에 다름 아니다. 예측할 수 없음을 축제로 만들며 벚꽃, 복숭아꽃, 철쭉들이 오고 있다. (2013)

언어유희

계속 미루다가 초등학교 4학년인 둘째 아이에게 핸드폰을 사주었다. 반에서 자신만 없다는 말을 듣고 승복하고 만 것이다. 그런데 나도 즐거워졌다. 중학생인 큰아들의 문자 패턴은 다양한 이모티콘과 초성 사용, 언어의 생략으로 특징지을 수 있다. 이를테면 ㅊㄱ(최고), 올ㅋ(대박), ㅎㄷㄷ(후덜덜), ㅃㅇ(빠이)라든지, 더 줄여 ㅇ(응), ㄴㄴ(no)라고 한다. 새로 폰을 쓰게 된 작은 아들은 달랐다. "와이리 메쉬지 안받으노??", "나 학원 거의 도착!!!", "아나 이런 어디 있서헠"과 같이 말을 잡아당기고 늘이고 갖고 놀았다. 뭐든 노는 것으로 연결시키는 초등학생의 언어유희라 할 수 있다.

최근 핸드폰이나 트위터, 페이스북과 같은 SNS의 발달로 언어는 말할 수 없는 파급력을 가지게 되었다. 한두 사람이 특정한 말을 사용하기 시작하면 순식간에

유행이 되는 것이다. 그리고 너도나도 사용하다 보니 언어가 함부로 취급받는 것 같은 느낌이 들기도 한다. 변형과 훼손의 속도가 빨라지니 말이다. 초성만을 쓴다거나, 자음과 모음을 다양하게 변형시키는 것도 여기에 해당된다. 사실상 언어의 규범이 무너지는 것으로 보이는 것이다.

이와 같은 현상에 대해서 우려하는 사람들의 목소리도 들린다. 바른 말을 사용해야 하는 것이 아니냐는 이야기다. 하지만 언어의 규범은 사회의 여타 규범들과 좀 다르다는 생각도 든다. 언어는 우리가 준수해야 할 규칙은 아니지 않을까. 언어의 형태가 파괴되는 것도 흔히 꾸짖듯이 이야기되는 것처럼 도덕적인 문제는 아니다. 언어는 쉬지 않고 태어나고 변화한다. 그리고 이 변화의 핵심은 무엇보다 파괴라는 점을 고려해 볼 필요가 있다. 언어의 규범은 항상 해체되고 있는 중인 것이다. 이 과정을 거쳐 언어는 지속적으로 변형되어간다. 현재의 규범이라는 것도 아마 그 파괴의 산물일 것이다.

요컨대 언어에 있어서의 규범의 파괴라는 것은 좋고 나쁨이 없는 것이다. 파괴처럼 보여도 실은 언어의 운동일 수 있으니 말이다. 어찌 보면 그것은 우리가 쉽게 파악할 수 없는 언어 나름의 논리의 실현일 수 있다. 언어는 자연과 같다. 살아 있기에 어떠한 방향으로 흘러가는 것이다. 그 흘러감을 지켜보는 것은 흥미로운 일이다. (2013)

부록

발표 지면

1부 · 문학을 따라 떠내려가면서

　- 자전 에세이

나는 문학을 따라, 이 세계에 거처를 갖지 못할 것이다

　《현대시》 2011년 5월호)

2부 · 아무것도 아닌 시

　- 덧붙인 생각들

카게를 생각하며

　(『밧줄』 박인환문학상 수상 작품집, 2001년)

실종의 기록-『고양이 비디오를 보는 고양이』

　《현대시학》 2004년 8월호)

나는 수평이다-「일시적인 모서리」

　《현대시학》 2007년 12월호)

뒤통수가 떨어져 나간 듯한 이 사람-「대부분의 그는」

　《현대시학》 2012년 2월호)

내림은 내리지 않음과-「왼쪽 비는 내리고 오른쪽 비는 내리지 않는다」

　(『나의 대표시를 말한다』, 도서출판b, 2012년)

시의 습격-「물류창고」

　《시와함께》 2021년 여름호)

아무것도 아닌 것으로 머물러 있는 모든 것들에게 바치는 경의

　(『통영문학상 수상작품집』, 2018년)

3부 · 날개가 없이도 날아가는
　　－ 시인들

시의 무장 해제-이승훈 시인 추모사
　　《현대문학》2018년 2월호)
불확실한 편린과 불확실한 리듬만이 반복해서 도래한다
-최정례 시인의 초상
　　《문학동네》2021년 여름호)
거의 숨결에 가까운-박상순 시인의 초상
　　《시인동네》2016년 11월호)
20세기를 배웅하며-신현림 시인에게
　　《시와생명》1999년 겨울호)
위배의 시학-유홍준 시인에게
　　《시와반시》2001년 가을호)
영혼 없이도 얼마나 즐거운지-서동욱 시인에게
　　《현대시》2010년 2월호)

4부 · 시간을 간직하는 체험
　　－ 일상에서

사물로 태어나는 꿈
　　《현대문학》2001년 1월호)
까끼또자 빠떼빠떼 사다모미
　　《좋은 엄마》2003년 6월호)

산을 보여주는 것
　　(《좋은 생각》2003년 8월호)
고모의 이름
　　(《좋은 생각》2004년 12월호)
시소 위에 앉기
　　(《대산문화》2010년 봄호)
주저함의 자유
　　(《월간에세이》2011년 11월호)
예술은 아랑곳없이
　　(《낯선 소설의 집》2012년 2월 23일)
마음을 남기는 일
　　(《월간에세이》2014년 9월호)
사과
　　(『당신의 사물들』, 한겨레출판, 2015년)
정오에게
　　(《파란》2015년 겨울호)
깃털
　　(『잊혀진, 잊히지 않는』서울국제작가축제 작품집, 2016년)
엄마의 집
　　(《월간에세이》2017년 7월호)
우리 동네 상점들
　　(《월간에세이》2019년 11월호)
칠성 슈퍼
　　(《문학3》2020년 7월호)
신문
　　(《청색종이》2021년 겨울호)

5부 · 있는 그대로

– 칼럼

개인이 생각을 할 수 있을 때– 한나 아렌트의
'악의 평범성'에 대하여
　(《에스콜론》2019년 가을호)
다가서는 마음
　(《매경춘추》2013년 3월 1일)
구형球形의 세계
　(《매경춘추》2013년 3월 14일)
눈물이 고여
　(《매경춘추》2013년 3월 20일)
사이버 시대
　(《매경춘추》2013년 3월 26일)
어떤 존재감
　(《매경춘추》2013년 4월 2일)
'바란다'는 것
　(《매경춘추》2013년 4월 7일)
봄꽃 예찬
　(《매경춘추》2013년 4월 12일)
언어유희
　(《매경춘추》2013년 4월 25일)

나는 칠성슈퍼를 보았다

1판 1쇄 펴냄 2022년 4월 15일

지은이 이수명
펴낸이 손문경
펴낸곳 아침달

편집 송승언, 서윤후
디자인 한유미, 정유경

출판등록 제2013-000289호
주소 03980 서울시 마포구 성미산로 153-16, 2층
전화 02-3446-5238
팩스 02-3446-5208
전자우편 achimdalbooks@gmail.com

ⓒ 이수명, 2022
ISBN 979-11-89467-40-1 03810